アルト

Illustration ひろせ

転生令嬢が国王陛下に溺愛されるたった一つのワケ

1

Contents

The only reason why a reincarnation daughter is drowned by His Majesty the King

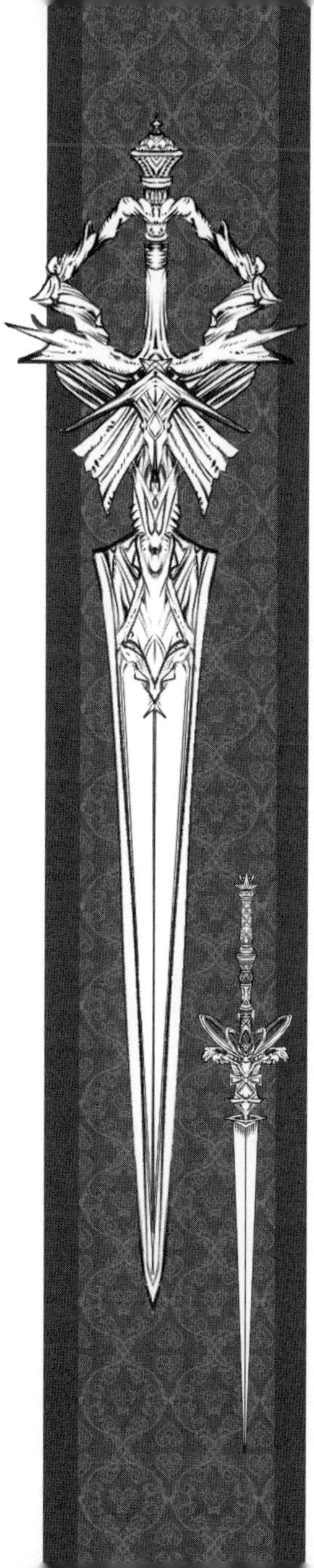

一話

そいつは救えないくらいに馬鹿で、阿呆で、お人好しで、優しくて。
そして、生きる理由すら見失いかけていた僕に手を差し伸べてくれた掛け替えのない恩人であった。

『生きていれば、良い事なんて沢山あるものです。それこそ、小さな幸せであれば、ゴロゴロとそこら中に転がっている。なのに、悲しみの淵に沈んでそんな小さな幸せすら知らずに死ぬだなんて、馬鹿らしいでしょう？　それも、誰かの都合の為だけに殺されるだなんて。――だから必ず私が、殿下をお守りしてみせます』

そして、僕を救うのだと。僕には幸せになる権利があるのだと。
彼女は、政争に巻き込まれてしまった僕に向かって、そう宣っていた。
『――逃すな。そいつは必ず殺せ』
底冷えしてしまう程の、感情の一切を削がれた声音《こわね》が僕の鼓膜を揺らす。

側室の子とはいえ、王位継承権を持つ僕に対して向けられた言葉。

後腐れがないようにと、ただそれだけの理由で僕は仕向けられた暗殺者から命を狙われていた。

そう、理不尽ではあるがこれはよくある話だ。

だから、仕方がないのだと必死に己《おのれ》に言い聞かせて納得をしようとしていたのに、あろう事か、そいつはたった一人で僕を助けようとしてくれた。

そして、今し方僕を、脇に抱えて駆け走っている。僕という足手纏《まと》いを抱えながらも、そいつは驚いた事に僕を付け狙う暗殺者共——十数人という数をものの見事にあしらって見せていた。

それも、王宮勤めであった熟練の騎士と伍するのではと、僕に思わせる程の実力を持つ暗殺者十数人を相手に、である。

『殺させないよ、この子だけは絶対に』

流麗《りゅうれい》な声であった。

心地よい、その声を聞くとどうしてか僕の身体《からだ》は安心感に包まれた。

『とはいえまさか、あの〝鬼才〟がそんな価値のない王子につくとはな』

『……価値がない人間なんていない。殺されていい人間も。理不尽な不幸を当然とされる人間がいていい、筈がない』

そして、眼前で待ち構えていた黒尽《づ》くめの男とすれ違い——交錯。

得物《えもの》同士の衝突による金属音が鳴り、辺りに火花が落ちた。

……気付けば剣は振り終えていて。

音と、振るったのだという火花《結果》を認識するだけで僕にはいっぱいいっぱいだった。

『……勿論、正義の味方を気取る気はないよ。だけど、こんな子供にこんな瞳をさせる事が正しいとは私は死んでも思わない!!』

そしてもう一度、凄絶な金属音が鳴り響く。

恐るべき速度で駆け巡る彼女に抱えられているせいで、僕の視界は目まぐるしく移り変わっていた。

だから、状況把握なんてものは、とてもじゃないが出来るような状況になかった。

しかし、そんな中でも分かる事があった。

……それは彼女が口にする言葉の一つ一つが、僕を気遣う言葉であるという事。

そして、それが本心であると分かってしまって、胸の奥にざわつきを覚えてしまっていた。


……だから、なのかもしれない。


だから僕は、刹那《せつな》に希《こいねが》ってしまったのだろう。

これから先も叶《かな》うならば、どうかこの人と一緒にいられますようにと。

たとえそれがひどく呆気なく、無残なカタチで終わりを迎えてしまおうとも、その想いの熱はきっと尽きないのだろう。

理屈はどこにもなかったけれど、無性に僕には、そう思えたんだ。

救いようがない程に愚直過ぎる忠義者。

きっと、前世の私という人間の最期を知る者であれば恐らく、私という人間をそんな言葉で言い表したのではないだろうか。

側室の子であるがゆえに王位継承権はないに等しく、貴族諸侯から真っ先に見限られた第三王子。

そんな彼に最期まで付き従おうとした人間を他にどう言い表せようか。

しかも、理由は「放ってはおけなかったから」というだけ。

『……どうして、貴女《あなた》は僕を守ってくれるんだ』

それは、いつだったか過去の私に向けられた言葉。

護衛対象である第三王子——ヴァルターはどこか怯《おび》えながらもそう問い掛けていた。

単純に怖かったからなのだろう。私が真に己を守ってくれる存在であるのかどうかが知りたかったのだ。それ程までに彼には味方がいなかったのだ。

『殿下は、おかしな事をお尋ねになるのですね』

私は思わず笑った。

ヴァルターは不満げに口元を歪《ゆが》めていたが、それを見ても尚、私は表情を変える事なく、続け様に言葉を紡ぐ。

＊　＊　＊　＊　＊

『そもそも、貴賤《きせん》はないのですよ。私達が仕えるべき対象は王家です。たとえ側室のお子様であれ、殿下には立派な王家の血が流れていらっしゃるのです。それこそがこれ以上ない、殿下をお守りする理由とは思えませんか？』

『……レスターの叔父上や、ボルネリアの爺は僕を殺そうとしてきたぞ』

『それは目先の利益に囚われた醜い貴族であったからです。あんな低劣な者どもと私を一緒にしないで頂きたく』

レスター卿に、ボルネリア卿。

彼らは確か、どちらも公爵位を賜った貴族家の人間であった筈。

そして、王位継承権を持つヴァルターを不穏分子であるからと暗殺者を雇ってまで確実に殺そうと試みていた連中の名前である。

故に私は彼らを「低劣」と言い表した。

たとえ爵位が高かろうが、何であろうが、罪のない子供に暗殺者を仕向ける連中を、罵倒せずにはいられなかったのだ。

だけど、勿論その程度でヴァルターの猜疑心は晴れるはずもなく、疑惑の視線は未だ向けられたまま。

『……貴女が最後までレスターの叔父上達のように僕を裏切らない保証がどこにある』

『…………』

その言葉に、私は口を真一文字に引き結んだ。

私は、彼を納得させられるだけのナニカを持ち得ていなかったから。

そしてヴァルターは私のその反応に対し、「やはりな」という表情を見せる。

結局、お前も同じでいつか僕を裏切り、殺す腹積りだったのだろう？

そう言わんばかりの濁り切った瞳が私を容赦なく射抜いていた。

私の目の前にいるヴァルターはいくら王子殿下とはいえ、未だ7歳である。

7歳の子供にこんな瞳を向けさせるに留まらず、あまつさえそれを許容するのかと。

己の中で罪悪感がぶわりと噴き上がり、広がった。

そして、それはダメだと胸中で言い放つ。

仕え、尊奉すべき王家の人間。それを差し置いても物心ついて間もない子供に、大人である私がその事実を容認させてはいけないと思った。何より、単純に守らなきゃ、子供にこんな顔させちゃダメだと強く思った。

だから、なのだろう。

私は躊躇《ちゅうちょ》なく右手の親指を口元に持って行き、がり、と音を立てながら皮膚を食い破る。

滴る鮮血。

それをヴァルターの右の手の甲にあてて、

『——刻む。我が真意を』

それは魔法であった。

〝契約魔法〟と呼ばれる一風変わった魔法。

己が望むように相手との契約をする魔法。

そして、それを相手側も受け入れた時、契約は成立し、身体のどこかにその証拠として紋様が浮かび上がる仕組みとなっている。

『…………っ!?』

ヴァルターは思い切り目を見開き、驚いていた。

それもそのはず。私が行った契約。その内容とは、

――ヴァルター・ヴィア・スェベリアに一生涯の忠誠を誓う。

というものであったから。

そして、数秒を経て、チクリと私の首元に痛みが走った。契約が完了されたのだろう。

これまで行った契約の際に感じていた痛みとそれは同じものであった。

『これで、私は殿下を正真正銘裏切る事は出来なくなった。ですが、殿下も私を疑う事は出来なくなった』

したり顔で私はそう言う。

けれど、その反面、ヴァルターはどうしてか不快そうに眉根を寄せていた。

『何、で、こんな契約を』

『ですから、申し上げていたはずです。私が仕えるべき対象は王家であると。王家の人間である殿下に忠誠を誓う。何がおかしいのですか?』

『……奴隷と何ら変わりないではないか……っ!!　こんな契約……っ』

『ですが、お陰でこうして信頼を勝ち取れた。得たものに比べれば安いものですよ。私の一生涯くらい』

実際に誰が味方か分からず気が気でなかったのだろう。事実、奴隷と言い表した契約であれ、彼は受け入れた。その気持ちが分かっていたからこそ、私は優しく笑んでみせる。

一人ぼっちは辛い。

その気持ちは痛いくらい分かっていたから。

『さて、こうして信頼も得られた事ですし、早いところ王宮《ここ》を出ましょう。また殿下の命を狙われないとは限りませんし』

偶々《たまたま》、私という人間が王宮勤めをしており。

偶々、邪魔者であるとして下手人がヴァルターの排除を試みていた場面に居合わせ。

偶々、こうして救う事が出来ていた。

『……逃げるあてはあるのか』

『私の生家に向かいましょう。少しばかり遠くにありますが、逃げ込むならそこしか選択肢は用意されていません』

そして、始まりを告げた逃亡劇。

結局、ヴァルターを連れて逃げた事で追手が付いてしまう。迫りくる凶刃から彼を守り抜き、必死に抗ってはいたものの、結局、生家にたどり着く寸前で私は命を落としてしまった。

——死ぬ事だけは何があろうと許さん……ッ!!!

剣と汗と血に塗れた青春時代を送った私に母性なんてものがあるのかは甚だ疑問だが、そうまでして助けた少年の事を今世でも忘れた事など一日とてなかった。鬼のような形相で死にかけの私に向かって叫ぶ儚げな少年の姿は、転生をした今でも脳裏にくっきりと蘇る。

「……ん」

ぱちり、とゆっくり目蓋《まぶた》を開かせてゆく。

ガタガタと音を立てて揺れる私の世界。

次第に意識が覚醒。

どうやら私は、馬車の窓から射し込む陽の光に当てられ、いつの間にやら居眠りをしてしまっていたらしい。

「……随分と、懐かしい夢だこと」

ぼんやりと残る記憶を頼りに、私は懐かしさに浸りながらも口角を上げ、頬杖をついてそう口にする。

もう、かれこれ17年も前の話。

私にとってそれは、遠い遠い記憶。

ただ、それであって尚、私は彼の存在を忘れる事はなかった。

「……ヴァルター、かあ」

それは実に、懐かしい名前であった。

「叶うならば、最後まで守ってあげたかったんだけどね」

でもそれは叶わなかった。

叶わなかったから、私は私じゃなくなった。

「きっと、怒ってるんだろうなあ」

過去を懐かしみ、そんな事を宣いながら、私は馬車の窓越しに広がる景色を眺めていた。

「ま、私の正体なんてバラシはしないけど」

王家に忠誠を誓う。

その感情は未だ変わっていない。

けれど、あそこまでの事をした理由は忠誠というより私自身がヴァルターという少年に同情をしてしまったからである。

ただ、私は結局、最後まで守り切る事が出来なかった不忠義者だ。

だから、未だ半信半疑ながら、こうして同じ時代の同じ国に転生を果たしてしまっていたものの、おめおめと彼の前に顔を出しに行く気はさらさらなかった。

彼には合わせる顔がないと思っているから。どうやってあの状況から国王陛下にまで上り詰めたのだと問い詰めたい気もあったが、それを出来る立場にはないので心の中だけに留めている。

「とはいえ、私が王宮にまた向かう日が来るとは」

約17年振り。

意図的に避けていた事もあり、転生後のフローラ・ウェイベイアとしては人生初。

家長である父の命にて、強制的に王宮で開催されるある公爵殿の花嫁選びの為のパーティーに参加する羽目になってしまった私は気が進まないまま、ため息を吐《つ》いた。

二話

「ご足労いただき、感謝します」

司会らしき男性のその言葉から始まった今回のパーティー。

花嫁を探しているという、国王陛下の甥であり、弱冠17歳という若さでありながらルベルガ公爵家の当主であるミシェル公爵閣下は、それは凜々しい男性であった。

甥というだけあって7歳という幼き頃に数日だけ護衛をした少年の面影が見え隠れしている。

恐らく、前世の私の人生の中で一番濃密だった瞬間。忘れようにも忘れられないその面貌《めんぼう》は私の中のナニカを擽《くすぐ》る。

『僕が今まで不幸であった理由は、もしかすると、こうして貴女と出会うという事に僕が持ち得る運を全て注ぎ込んでしまっていたからなのかもしれないな』

それは、殆《ほとん》どむすっとした仏頂面か、感情の薄い真顔ばかりだったヴァルターが初めて私に笑顔を向けてくれた際に言った言葉。

ただ、それは満面の笑みとは程遠い微かなものであったが、初めてというのは不思議なもので、おかげでそれはこんなにも私の中で強く記憶として残っている。

『……殿下は暗殺者に狙われているんですよ』

『それでも、だ』

ヴァルターが私と出会った理由は、彼が政争に巻き込まれ、その命を狙われていたからだ。

だというのにヴァルターは私との出会いが幸運であったと言う。

だからそれは幾ら何でも不謹慎過ぎる、と注意をしようと試みて、けれど彼が浮かべていた笑みを前にしてはその言葉を飲み込む他なかった。

『……殿下は変わっておられます』

『貴女だって、僕みたいなやつを命懸けで助けようとしている時点で随分と変わってると思うがな』

『……おっしゃるようになりましたね』

そしてお互いに顔を突き合わせながら、けらけら笑ってたっけ。

そんな彼と交わしたやり取りがふと、思い返されて。

気付けば、私の顔は綻《ほころ》んでいた。

「――あら?」

私と同様の境遇らしき令嬢の子達がミシェル公爵閣下を取り囲み、必死にアピールをする中。

それを傍目《はため》からまるで他人事《ひとごと》のように眺め、今し方微笑んでいた私に向かって掛けられた声が一つ。

その声は私にとって覚えのあるものであった。

「フィー?」

肩越しに振り向くや否や、口を衝《つ》いて言葉が出てきた。それは、フローラとして生きてきた私の一番とも言える友人の名前。

フィール・レイベッカの愛称を私は声に出していた。

「ローラ? やっぱり! ローラじゃないっ!」

赤を基調とした豪奢なドレスに身を包む華奢な女性――フィールは声を弾ませ、私の名を呼びながら嬉しそうに私の下《もと》へと歩み寄ってくる。

私もこのパーティーの為にとドレスを着衣しており、それ故にすぐ目の前で立ち止まっていたが、ドレスがなければ今にも抱きついていそうな勢いであった。

「ローラも公爵閣下の花嫁を狙って?」

「ええ。とは言っても、実家の命令なんだけどね」

苦笑いを浮かべながら、私は本音を口にする。

別に隠す程の事でもないと思っての発言であったのだが、フィールはその事を既に気づいていたのか。でしょうねと言わんばかりに、その発言に対して二度、三度、軽く頷いていた。

「フィーは?」

「私《わたくし》もよ。たとえ無理であっても交友を広げてこいとお父様が、ね」

どうやらお互い此処《ここ》へ赴いた理由は似たり寄ったりらしい。その事実を確認し、私達は顔を見合わせて笑い合う。

私とフィールは10年以上前からの家族ぐるみの知己であり、姉妹と言っても差し支えない程気のおけない仲であった。

だからこそ、こうして胸に秘めていた感情も呆気なく吐露出来てしまうというわけである。

「成る程ねえ。フィーのお父様なら言ってそう」

「言ってそうじゃなくて、本当に言ってきたのよ」

父親なんだから、私が公爵閣下の花嫁なんて無理と一番分かってるでしょうに。

と、呆れ顔を作りながら彼女はぼやいた。

実際のところ、私もフィールと全くの同意見なのだから、他人事とは思えず苦笑する。

「ま、誰が好き好んであそこに交ざるんだって話だもんね」

そう言って私が視線を向けた先には一際賑やかな人混みが生まれていた。

ドレスを身に纏った少女達が黄色い声をあげながら一人の男性を取り囲んでいる。

今回のパーティーの主役、ミシェル公爵閣下を中心に、彼女らは己を必死に売り込んでいる最中なのだ。

「本当に。別にお父様も私《わたくし》に期待は寄せてないでしょうし、このパーティーでは私《わたくし》なりにやり過ごさせて貰《もら》う予定よ」

「すっごいフィーらしい」

「フィーらしいって、どの口が言うのよ。ローラも私《わたくし》と同じじゃない」

「あははっ、そうだった」

てへ、と小さく舌を出してやると貴女だけは……、とばかりにフィーは少しだけ呆れていた。

とはいえ、それも一瞬。

「ま、今回は出来レースな部分もあるでしょうし、きっとローラも責められる事はないと思うわよ」

「出来レース？」

思わず聞き返してしまう。

「そう。噂話として広がったりはしてたけど、ミシェル公爵閣下はある令嬢と婚儀を挙げたがってるの」

「婚儀を？　え？　でも、これ花嫁探しのパーティーだよね？」

じゃあ、このパーティーは何の為に開催されたのだと私が聞き返すと、

「だから、出来レースなのよ。ミシェル公爵閣下は婚儀を挙げたい人が既にいらっしゃる。けれど、その子とはえらく身分違いな立場にあるらしいの。だから、こうしてパーティーを開き、運命的に出会った。そういう演出をする為だけの出来レースなの」

成る程。それで、公爵閣下ともあろう人がこんなパーティーを開催し、花嫁を決めるなどと公言していたのかと今更ながら納得をした。

うちの父親がその事実を知っていれば私がこうして王宮にまで赴く必要もなかったのになとため息を吐く私であったが、ふとした疑問が脳裏を過《よ》ぎる。

「ふぅん。でもどうしてフィーはそんな出来レースなんて話を――」

知ってるの？　と。

私が尋ねようと試みた折、一際大きな声が上がった。それは悲鳴ではなく、どちらかと言えば歓声のような。

そして、そのせいで私の声は遮《さえぎ》られ、フィールの注意も発声主の下へと向かってしまう。

歓声のような声の出所はどこなのか。その疑問を抱いたのは刹那《せつな》。

今回のパーティーを取り仕切っていた男の凜とした声による一言によって、その疑問は見事に霧散した。

——国王陛下がお越しになった。

＊　＊　＊　＊　＊

後の私は言う。

きっと、私が転生をして尚ヴァルター・ヴィア・スェベリアという人間を知ろうとしていたならば、この先の未来は変わっていただろうと。

そして、遠くない未来、どうして己は知ろうとしなかったのだと盛大に悔いる事になってしまう事をこの時の私が知る由もなかった。

前世で、アメリア・メセルディアと呼ばれていた私という存在が、残酷な程鮮やかな思い出をヴァルターの中に刻んでいた事を。

私の死を前に、恥も外聞も投げ捨てて泣き腫らしていた一人の少年がいたという事実を、私は知らなかった。恐らく、それこそが私――フローラ・ウェイベイアの罪。

己にとっては衝動的な行為でしかなかったのかもしれないが、あの時の私の行為がどれ程あの少年の心を救っていたのか。

きっと、それを知ろうとしなかった私の自業自得なのだろう。

ヴァルターという男の気持ちを、アメリアに怒りを抱いている、などと受け取っていた私の自業自得なのだ――。

＊　＊　＊　＊　＊

姿を目にしたのは、17年ぶり。

背丈も、顔付きも、何もかもが変わり果てているというのに、豪奢な服装を身に纏って奥の方からやって来る男性が現国王陛下――ヴァルター・ヴィア・スェベリアであると私は一瞬で分かった。

少しばかり目付きは悪人染みていたが、銀糸のような髪に、独特な雰囲気。

長い睫毛《まつげ》に縁取られたアイスブルーの瞳など。

記憶の中に残るあの幼い少年が見事なまでに現実感をともなって現れた事に、私は思わず微笑んでいた。

――本当に、見ない間にご立派になられて。

共に過ごした期間はたった数日。

けれど、私の中でヴァルターという少年はどこまでも脆《もろ》く、頼りない人間という印象が深く根付いていたのだが、今しがた私の瞳に映った彼の悠然とした足取り。怯えなど一切ないと言わんばかりの相貌……抱いていた印象を払拭させるには十分過ぎた。

「ふぅーん？　やけに嬉しそうねえ？　ローラ」

そんな私の側で、フィールがどうしてか訝《いぶか》しげな視線を向けて来る。

にまにまと訳知り顔で笑んでいた。

「そう、かなあ」

「ええ。すごく嬉しそうに笑ってたわよ貴女」

思わず手を頬へ伸ばすとフィールの言った通り、口角はつり上がっていた。

「なになに？　ローラってばあーいう男性が好みなの？」

「流石《さすが》にそれは違うってば」

やんわりと否定をする。

私がヴァルターに対して抱く感情は、精々《せいぜい》が〝放っておけない人〟止まりである。

決して軽んじているわけではないが、そもそも私が王族であるヴァルターに恋愛感情を抱くはずがなかった。何故《なぜ》なら、それはあまりに烏滸《おこ》がましいと知っているから。

「別に恥ずかしがらなくてもいいのに。誰しも高嶺の花には一度くらい憧れるものよ？」

「まぁ、そうなんだけどさ」

その発言の直後、ちくりと胸の奥が痛んだ。

――私が殿下を見詰めてしまった理由は、惹かれたからでも、想いを募らせていたからでもなく。

ただ単に懐かしかったから。

しかし、殿下にこれまで一度としてフローラ・ウェイベイアが会ったという事実はない。

嘘偽りなくフィールに伝えてしまえば間違いなく齟齬《そご》が生じる。

転生した、という事実を打ち明けていない以上、嘘をつかざるを得なかった。

「ふぅん。様子を見る限り、私《わたくし》の早とちりだったみたいね。けれど、まぁ良かったわ」

「良かった？」

「ええ。だって、陛下は婚約者どころか女官の一人ですら未だ一度として側に置いた事はないの。だから、ね」

あまりにひどい身分違いでしかないが、陛下の婚約者になったり、女官として働く。

そんな道も用意されていないから、という事をフィールは言いたいのだろう。

「女性が苦手なのかな」

前世の頃は別に何も気にせずに殿下の手を取って逃亡劇を繰り広げていたけれど、あれはもしかして相当に無理をしていたのではないか。

そんな可能性が浮かび上がり、うわぁ、申し訳ない事をしちゃったな、という罪悪感で埋め尽くされる。

「んー。男性の使用人ですら側に置いたって話を聞かないし、単純に不要と決めつけてるだけかもしれないわね」

「そっ、か。うん。そうだね。……そういう事にしとこう」

最後のぼやきに彼女は疑問符を浮かべていたが、私はつい口にしてしまった言葉に対し、知らんぷりを決め込んだ。

そんなこんなでフィールと私が話している間に陛下は多くの令嬢達に囲まれていたミシェル公爵閣下のすぐ側まで歩み寄り、声を掛けていた。

少しばかり距離があるせいで小さくはあったが、その会話は私の耳にまで届いていた。

「花嫁は見つかったか」

「はい。こうして陛下のご厚意の下、パーティーを開催出来た事で良き縁と巡り合う事が出来ました」

「そうか。なら、良い」

淡白な会話。

今ここで花嫁を指名しないのは恐らく、ミシェル公爵閣下の地位が関係しているのだろう。

高い地位にあるからこそ、迂闊《うかつ》な事はせず、ゆっくりと婚儀の話を進めていくに違いない。

「ところで、陛下はどういったご用件で……」

「懐かしい魔力を感じた。ただそれだけだ」

「懐かしい魔力、ですか」

「ああ。俺にとって忘れたくとも忘れられない。そんな魔力だ」

そう言って、ヴァルターはキョロキョロと忙《せわ》しなく視線を周囲に巡らせる。

「あぁ、お前か」

どうにも、ヴァルターは目的の人を見つけたらしい。

俺だとか、お前だとか。

昔は一人称は僕で、私の事も貴女呼ばわりだったというのに見ない間に随分と口が悪くなったものだ。

そんな事を思いながら私は興味本位でヴァルターの探し人がいるであろう彼の視線の先を追いかけようとして。

「…………ん？」

何故かヴァルターと目があった。

相変わらず綺麗な瞳をしてるなぁ。

……そうじゃない、そうじゃないと頭《かぶり》を振り、現実へと己を引き戻す。

「え？」

目があった。

どういうわけか、ヴァルターの視線の先には私がいる。

そして、私の頭の中は真っ白になった。

……え？　これ、どういう事？

「時に――」

ヴァルターの探している人物が私!? 一体どういう事なのだと目を丸くする私の事など知らんとばかりに彼は続けざまに言葉を紡ぐ。

「——お前は剣を振れるか」

「剣、ですか」

どうして私に話しかけているんだ。

そんな疑問で脳内は埋め尽くされていたけれど、だからと言って国王陛下からの質問を無視するわけにもいかない。

周囲からはどうしてお前なんかに陛下が。という無数の懐疑の視線を向けられており、はっきり言って気が気でない。

フィールですらも驚き、貴女、一体どんな手品を使ったのよと言わんばかりに私を見詰めていた。

……答えがあるのなら私が聞きたいよ。

「…………」

口を閉じ、考え込む。

果たして何と言うのが正解なのか。

振れるか。振れないか。

貴族の子女としての正解ならば、ここは間違いなく振れないと言うべきである。

だがしかし。

仮に剣が振れるとして、貴族の子女に国王陛下がその能力を求めるだろうか。……いや、それはない。だってその必要性が見当たらない。

ではこれは何の質問なのか。そうか、これは確認なのだ。

剣を振れる貴族令嬢がいるか、そうでないかの。

ヴァルターが私の正体に気付いている筈はない。私は転生をしたのだ。いくら聡いといえど彼が気付ける余地はどこにもありはしない。

どうしてピンポイントで私にそんな問い掛けをしてきたのか。という懸念事項は残るが、きっとこれは偶々なのだろう。偶々、剣を振れる貴族令嬢についてのアンケートに無作為抽出されただけ。

……そうでもなければ、今まで一度としてフローラ・ウェイベイアとしてヴァルターと出会った事すらないのに説明がつかないからだ。

よって。

私が選ぶべき選択肢はただ一つ。

「嗜《たしな》み程度ではありますが」

そう言って、前世にて騎士をやっていた弊害か。暇さえあれば剣を振るい、剣だこが出来てしまっていた己の手を見遣《みや》りながら控えめにそう口にする。

完璧である。

一切の隙がない完璧な回答である。嘘も吐いていない。

……筈なのに。

「そうか。ならお前、今日付で俺の女官をやれ」

何故か予想とは百八十度異なった答えがやってきた。思わずぴくぴくと頬を引きつらせた私はきっと悪くない。

「にょ、女官、ですか……？」

聞き間違いか何かだろう。そんな希望的観測を切に願いながら問い返すと「そうだ」と即座に返事が戻ってくる。

「いい加減、側仕えの一人や二人作れと周りの者が煩《うるさ》くてな。耳障りなものだからと丁度人を探していたところだったんだが……」

――いるではないか。良さげな者が。

と、にやりと笑うヴァルターに、だから何でそこで私が選ばれるんだよと無性に叫び散らしたくなった。

「名は何という？」

「……フローラ・ウェイベイアと、申します」

ここで名乗らないという不敬をするわけにもいかず、不承不承とばかりに私が名乗るとヴァルターは気をよくでもしたのか、

「そうか。それでは、ウェイベイア卿には俺から一報を入れておこう」

やめてくれと、そう言ってやりたかった。

ただでさえ、公爵殿と縁を結んで来いと言って送り出した父親である。陛下の女官に任命されたと聞けば、あの父ならばどうぞどうぞと二つ返事をするに違いない。くそが。

これで私の名も知られ、周囲の人間を置いてきぼりに今日からヴァルターの女官をする事で話が決まったと思われたその時であった。

「……陛下」

不審さを前面に押し出しながら、ヴァルターを呼ぶ声が一つ。

それは、今回のパーティーの主役であったミシェル公爵閣下のものであった。

「何だ?」

「………」

肩越しに振り向き、己の名を呼ばれた事で反応を見せるヴァルターとは異なり、ミシェル公爵閣下は何を言ったものかと悩ましげに顔を歪めていた。

そして挟む数秒の沈黙。

「どうして、彼女なんでしょうか」

悩み抜いた果てに出てきたであろう答えは、その言葉一つに綺麗に纏められていた。

「国王だなんて地位を手に入れてからというもの、一人たりとて側仕えという存在を許そうとしなかった俺が、今更どうしてなのか、か?」

「……はい」

「簡単な話だ。そもそもどうして、信の置けない人間を己の側に置かねばならんのだ?」

つまり、これまでヴァルターの側仕えにと推挙されていたであろう者達は例外なく、信頼出来ないからと切り捨てられたという事なのだろう。

その言葉を耳にした直後、ミシェル公爵閣下の眉間《みけん》に刻まれていたシワが一層深まっていた。

「……陛下は、その者が信頼に足る人間だと?」

「さぁな。そこまでは知らん」

……当事者である私は思わずズッコケそうになった。じゃあ先程の前置きのような話は何だったのだと。

故に、呆れ混じりの視線を思わず向けてしまう私であったが、

「だがな……、そいつは俺がその昔、唯一信頼を寄せてしまった奴に、良く似ているのだ」

——後にも先にもただ一人の、俺が心底信頼を寄せていた奴に、な。側に置きたいと思う理由なぞ、それだけで十分すぎる。

その言葉を聞き、ぱちくりと目を瞬《しばたた》かせる事となった。突然告げられた横暴でしかない一言はその実、ヴァルターなりの想いが詰め込まれていたらしい。

とはいえ、そこで彼が信頼を寄せていたのがかつての私である。などという自惚《うぬぼ》れをする気は毛頭ない。

そもそも、確かに〝契約魔法〟で縛りこそしたものの、無理矢理に作った信頼がヴァルターの言う〝信頼〟に当て嵌《は》まるとは思えなかった。

いわば、あれは仮初《かりそめ》の信頼である。

それに、姿形もあの頃とは全く違う。

だから私は、アメリア時代に知らなかった誰かと、偶々、己が似通ってしまっていると思う他な

かった。

「信頼、ですか」

「何だ、不満か？」

「……いいえ。大変に、意外な発言でしたので」

そう言ってミシェル公爵閣下はすんなりと引き下がる。

いやいやいや。

私は一言もその話を受けるとは言ってないからね！　というか、もうちょっと頑張ってくださいよミシェル公爵閣下!!

という私の心のエールは無情なまでに届いてはくれなかった。

前世、王宮勤めで騎士をしていた私は知っている。王宮《あそこ》は人の醜い感情が蠢《うごめ》くだけの魔窟でしかない、と。

そういった事情を既に知悉《ちしつ》してしまっている事もあり、私としては国王陛下《ヴァルター》付きの女官など願い下げなのだ。

とはいえ、事この場に至って私の意見など路傍の石より軽いものであるだろう。仮に私が当たり障りないように断ったとして——しかし、その努力虚しくヴァルター付きの女官ポジションにねじ込まれる未来しか想像が出来なかった。

「まあ正直なところ、俺自身も驚いている」

必死にこの場を乗り切る方法を考える私をよそに、ヴァルターは気楽そうな表情を浮かべて会話を続けている。

「陛下が、ですか？」

「ああ。こうしてこうもあっさりと女官にする、などと宣言してしまった自分がいるという事実に驚きを隠せん」

「それ、は……」

「だが――、……いや、これは今言うべき事ではないな。とはいえ、撤回をする気はない。フローラ・ウェイベイアには今日付けで俺の女官となって貰う。これは決定事項だ」

何かを言い掛けたものの、途中で言葉を切った彼は再度私へと視線を向けた。

「しかし、どうしても嫌というのであれば無理にとは言わないが……」

こんな状況で断れるわけがないと知っていながらの一言。知らない間に言葉遣いどころか性根《しょうね》までも腐ってしまったらしい。

本当に、時の流れというものは残酷である。

「……い、え、恐悦至極《きょうえつしごく》に存じます。謹んで、女官の任を受けさせて頂きたく」

「そうか！　であるならば、よろしく頼む」

必死に作り笑いを浮かべる私の側で、明らかに無理をしていると見透かしたフィールが心配そうに此方《こちら》を見つめてきていたが、こればかりはどうしようもないのだ。

どれ程面の皮が厚かろうが、誰がどう見ても断る事の出来る雰囲気でない事は火を見るより明らかなのだから。

「パーティーの後に使いの者を向かわせる。それまではパーティーを存分に堪能していてくれ」

それだけ告げて、嵐のようなヴァルター《男》は再び奥へと姿を消した。

守ると誓ったにもかかわらず、最後まで守り切るどころか、目的地へたどり着く前に死んでしまった不忠義者。

それが、前世の私という人間であった。

そんな私が何がどうあってか、今世では側仕えをする羽目になってしまった。

合わせる顔がないからと避けていたというのに、その努力虚しく何故か女官という役割を与えられる手筈を整えられてしまっている。

とはいえ、嫌だ嫌だといっても最早どうしようもないというのもまた事実。

きっとこれは私に与えられた贖罪《しょくざい》なのだろう。

たった一人の少年すら守りきれなかった私の罪に対する贖罪。これはその機会なのだ。

そう思うと、不思議と気は楽になった。

だからせめて、彼の言う唯一信頼を置いていた人の代わりになれるように女官として務めを果たす。それが私に出来る最大限の罪滅ぼしであると思う事にした。

三話

それから数十分後。

あれ以降、これといった騒ぎもなく終わりを迎えた今回のパーティーであったのだが、ヴァルターから後で使いを向かわせると言われていた私が、ではさようならと出来る筈もなく。

ささっ、こちらです。と執事服を着た初老の男性に部屋に案内をされた後、予《あらかじ》め待機していたメイドに採寸をされ、服を着させられる事、更に数十分。

「……はぁ」

そのおかげでくたくたに疲れ切ってしまっていた私は心労を隠す事もせず、部屋の隅で深いため息を吐いていた。

「……ま、メイド服を着させられるよりよっぽどマシなんだけどさ」

自分がそんな柄ではない事は分かっている。誰も私の言葉なんて聞いていないのを良い事に、側に置かれた服に目を向けて本音を呟いていた。

「メイド、じゃなくて女官だから、これであって、る？　いや、でもこれ……んんん」

前世の私が身に纏っていた女性用の騎士服によく似たデザインをした服に対し、眉根を寄せて唸る。

女官というのだから身の回りの世話でもしなければならないのかと思っていた。しかし、蓋《ふた》を開けてみればこうして騎士服のようなものを着させられている。

はっきりいって、何がどうなっているのか全く理解が追い付いていなかった。

そもそも一体、何故彼は私に女官をと言ってきたのか。

というか、やはり剣を振れるかと聞いた事に意味はあったのか？　だとしても、どうして騎士ではなく女官？

考えれば考える程ドツボにハマっていく。

「うん。まっったく、分かんない」

そして私は思考をやめた。

今の私の生家であるウェイベイア伯爵家が何かをやらかしていて、その人質にと私が選ばれたから。そんな分かり易い『答え』が転がっていたならばどれ程良かった事か。

今の父親の、長い物には巻かれろ的事なかれ主義ぶりを思い出して、首を振る。

とてもじゃないが、王家に背くだとか人質を必要とされる程の何かをやらかしているとは思えない。

パーティーの終わり際。

「……貴女、一体何をやらかしたのよ」

などとフィールから理不尽に責め立てられていた私であるが、断じて私は何もやらかしてはいない。そもそも、それは私のセリフである。

一体、私は何をやらかしたというのか。

叶うのであれば、私が私自身に聞いてやりたかった。

そんな諦念塗《まみ》れの考え事をする最中。

「女官を務めて貰うにあたり、部屋を用意させて頂いております。お疲れのところ大変恐縮ですが、ご案内しても？」

採寸の際、外で待機をしていた初老の男性が終わったと知るや否や、ドアから顔を覗かせ、優しげな笑みと共にそう問い掛けてきていた。

名を、ロバーツというらしい。

この部屋へと案内された際にそう、彼が私に対し名乗ってくれていた。

「あの」

そんな彼に向けて、私は問い掛けの是非を答えるより先に、それとは全く異なる言葉を口にする。

「ロバーツさん。私はどうして、陛下に女官になってくれと頼まれたのでしょうか」

17年前。

騎士として王宮に勤めていた私は、当然の事ながら当時、王宮にいた者達の顔と名前を覚えていた。しかし、その中にこのロバーツと名乗った男はいない。

きっと彼は、私が死んでから王宮にて奉公を始めた者の一人なのだろう。

だから、私が知り得ない事を知っているのではと思った。故の、彼への質問だった。

「どうして、ですか」

不思議そうに首を傾げる。

そりゃそうだ。

はっきりいって、国王陛下の側仕えなど栄転でしかないというのに、当人である私はそれを受け入れるどころか、こうして何故なのかと不思議がっている。

しかもだ。

私はミシェル公爵閣下との良き縁を結ばんが為に王宮へ赴いていたであろう者達の一人である。素直に諸手を挙げて喜んで然るべき人間だというのに、正反対の反応を見せている。彼が首を傾げるのも無理はない。

「そう、ですね。一体どうして……なんでしょうねぇ」

苦笑いを浮かべ、彼は首を傾げていた。

私の瞳に映る彼のその反応は、とてもじゃないがその場凌ぎの為の返答とは思えなかった。

「……陛下はこれまで、一度として側仕えを必要としては来ませんでした。だからこそ、陛下の貴女様に対する発言は、私共にとっても意外なのです」

それはミシェル公爵閣下も言っていた。

あの周囲の者達の驚きようからして、それは周知の事実であると言う事も既に知っている。

「時に……国王陛下がご兄弟方との政争を経て、王位継承を終えた直後、何をなさったのか。フローラ様はご存知でしょうか」

どうしてか、ロバーツさんは私にそんな問いを投げかけてきた。

けれど、別に言い淀む話題でもないと判断し、私は首を左右に一度振る。

「極刑です。血を分けたご兄弟二方と、彼らに与《くみ》した派閥の人間を、当時10歳に満たない子供を除き、全員、斬刑に処されました」

返ってきたのはあまりに苛烈な事実を告げる言葉。しかし、あの頃を知る人間としてはまぁそれが妥当だろうなと、そう思った。

私が知る限り、彼は幾度となく生命の危機にさらされていた。邪魔だからと殺されかけ、遠くに逃げようと試みても追手を差し向けられ、また殺されかけて。

私が知っている事実はそこまでであるが、あそこまでしつこく追いかけて来ていた連中が当時の私の生家にヴァルターがたどり着いたからといって諦めるとはとてもじゃないが思えない。

きっと、私が知り得ない苦難を乗り越え、今の地位を勝ち取ったのだろう。

そう、納得が出来た。

私は、兄弟を含む貴族諸侯を斬刑に処したと聞いても顔色一つ変える事はなかった。

「……フローラ様は怖くないのですか?」

私の反応を横目に確認していたロバーツさんは何を思ってか、そんな事を言ってくる。

「何がですか?」

「そんな陛下の事を、貴女様は怖いとは思わないのですか?」

温情など知らんとばかりに血を分けた兄弟を斬刑に処した人間。そんな御方に今日より仕える事になったのにお前は怖くないのか、という問いを彼は投げ掛けているのだ。

ああ、なるほど。そういう事かと私は納得をして、

「それをするだけの理由が、陛下にはあったのでしょう。陛下の事情を知らない癖に、上辺の事実だけを見て怖いなどとは……口が裂けても言えませんよ」

事もなげに私はそう宣った。

私が死んだ後、ヴァルターがどうなったかなぞ私が知る筈がない。私は新たな生をこうして受けてしまったのだから、前世の事は極力知らぬ存ぜぬを貫くつもりでいたのだ。

フローラ・ウェイベイアに、ヴァルターのその後についての知識は不必要だと他でもない私が思ったから。

きっと、大事な理由でもあったのだろう。

王族という地位だけを持っていた幼い少年は、何の後ろ盾も持ってはいなかった。

そんな彼が今や国王陛下にまで上り詰めている。何が何でも国王陛下になるという熱をヴァルターに持たせた鮮烈な出来事があったのだろう。

「……成る程。陛下がどうしてフローラ様を己の女官にと望んだのか、ほんの少しだけ理解が出来たような気がします」

勝手に一人で納得していないでそれをちゃんと私に教えてくれ。

そう思って止まなかったのだが、視線で訴えようにもロバーツさんは一人で納得をして小さく首《しゅ》肯《こう》を繰り返している。

だめだこりゃと思わざるを得なかった。

「そういえば……」

ふと、思い返す。

斬刑。という言葉を耳にし、どうしてか脳裏をよぎった前世での己の死の瞬間の事を。

確か私は意識を手放す直前にヴァルターに向けて何かを伝えていた、のだが。

「………ん」

何故か、その部分だけ綺麗に記憶が抜け落ちている。思い出そうにも、ろくでもない事を言っていたような。そんな曖昧《あいまい》な感覚しか出てこない。

けれど、それも仕方ないと思う己もまた存在した。

——ヴァルターには、嘘ばかりついていたから。

彼に対し、嘘ばかり並べ立てていたからこそ、記憶が曖昧なのだろうと。

『そもそも、貴賤はないのですよ』

そう口にしたあの瞬間から、本当に嘘だらけ。

きっと、ヴァルターが王族であろうとなかろうと放っておけず私は助けていただろうに、あえて言葉を取り繕った。彼から信頼を勝ち取るには、その言葉が一番適していると思ったのだ。

本当は、ただ単にバカらしいと思っただけ。

王宮勤めであった私は、当時のヴァルターがどれ程人畜無害であったか身を以て知っている。

側室の子であるからと控えめに生きる事を半ば強制され、そしてヴァルター自身もそれを許容し、目立たぬようひっそりと生きていた。それを私は実際に自分の目で見てきたのだから。

そんな彼が、泥まみれの政争に巻き込まれ、彼らの勝手な理由で殺されかけていた。

私はそれが許せなかった。

その子には、何も罪はないだろうがと手を差し伸べたのだ。少なくともあの時の彼に、王位を継ぐという意志は欠片《かけら》もなかったのだから。

そして、共に過ごす事となった数日という逃亡劇の中で私は彼の人間性というものを知った。

控えめに生きる事を強要されていた彼は、平民でいいから普通の人生を送りたかったという願望を胸に抱いていた。

私が思っていたよりずっと感情豊かで、人間くさくて、死に掛けの私を見て、必死に顔を歪めて、死ぬ事だけは何があろうと許さん。なんて言うような人であった。誰よりも優しく、誰よりも人の痛みを知っていた。

だから私は末期《まつご》の言葉に、アレを選んだのだ。

『――』

けれどやはり、その記憶は思い出そうにも思い出せなかった。

「ま、いつか思い出すでしょ」

隣を歩くロバーツさんにすら聞こえないであろう小声で、そう私はひとりごちた。

四話　ヴァルターside

『——殿下は否定なさるでしょうけれど、国王陛下という地位は、きっと貴方《あなた》のような人がなるべきだ』

俺が——ヴァルター・ヴィア・スェベリアが、国王という地位にまで上り詰めたきっかけは、間違いなくこの一言であった。

アメリア・メセルディアと名乗る女騎士の末期の言葉であるその一言。

それが、俺を動かす熱そのものであった。

「信頼など出来るものか」

俺は呟く。

「俺が信を置く人間は、後にも先にもただ一人であるというのに」

執務室——そこに設《しつら》えられた椅子に腰掛けながら、俺は当たり前のようにそう口にしていた。

「俺を恨む連中なぞ、それこそ数える事が億劫になる程いるだろうさ」

血を分けた兄弟。

叔父、祖父。彼らに味方をした大貴族。

彼らに対し、極刑を突きつけた俺を恨む連中はごまんといる。

それでも俺がこうして国王という地位に就けている理由は、斬刑に処した彼らがあまり良くは思われていなかった事。権力を持っていた邪魔な連中を纏めて処分したから。この二点に収束した。

護衛はいる。

それでも、俺は己の側仕えだけは執拗に拒み続けた。その理由は俺にとっては至極当然で、あまりに単純なもの。あいつ以外は側に置きたくないという子供染みた我儘《わがまま》故であった。

「……俺に同情をしただけにもかかわらず、奴隷契約のような〝契約魔法〟を己の意思で結ばせ、自分勝手にその命を俺の為に散らすような、そんな馬鹿でないと俺は信頼出来ん」

本当は知っていたのだ。

彼女は王族だから助けたなんて言っていたが、俺を助けてくれた理由が同情心なのだと共に行動をする中で俺は気付いていた。

そして、その同情心を最期まで貫いた正真正銘の馬鹿なお人好し。アメリアという女騎士は、そんな人間であった。

「貴女しかいないんだ」

たった一つ。

後悔があった。

悔恨があった。

悔やんでも悔やみきれない悔いが、あった。

「姿が変わったくらいで、俺が貴女を見間違うものか」

彼女は俺に多くのものを与えてくれた。

『死んで良い人間なんて、どこにもいる筈がない。いて良い筈が、ないんです』

――だから私が、殿下をお助けすると。

『俺を置いていけば貴女だけならばきっと何事もなく逃げ切れる』――身体に矢を受けた彼女に対し、俺が逃げろと言おうがアメリアはそう言ってまるで聞く気がなかった。

〝契約魔法〟があるからではなく、それがありのままの本心であったから、こうも記憶に強く残ってくれているのだろう。

そんな彼女に対して、俺が返せたものは何か一つでもあっただろうか。

……俺の後悔とは、ソレであった。

俺の為に何かをしてくれた。

そんな稀有《けう》な存在。

爪弾《つまはじ》きものでしかなかったあの時の俺に、手を差し伸べてくれたのは彼女が初めてだった。

もしかすると。

ひょっとしたら、このまま二人で生き延びられるのではないか。そんな甘い考えを抱いていた為に、感謝の言葉も、何もかも後回しにしてしまっていた。

結果がこれだ。

俺を最期まで守り、言葉を遺して逝った彼女に俺は何もしてやれなかった。

途方のない寂しさと後悔が、俺を埋め尽くした。

「あの言葉を貴女が遺してくれたから、こうして俺は国王になった」

彼女が遺してくれた言葉を胸に、その地位に拘《こだわ》り、運良くこうして上り詰めた。

彼女の言葉が、あったからこそ。

「貴女の言葉の通りになった。だから、貴女には義務があるんだ。言い出した者として、俺の行く末を見守る義務があるんだ」

それは暴論だった。

あまりにひどい暴論。

けれど、国王なんだ。それくらいの我儘は良いだろうがと、己の中で言い訳をする。

「俺は義理堅い人間なんでな――」

そう言って、首に掛けていたペンダントを軽く握り締める。赤色の宝石が埋め込まれたどこにでもあるようなペンダント。

それは、メセルディア侯爵家の17年前の当主から譲り受けた物であった。

恩人の形見が欲しいと俺が言うと、当時の当主が俺に、彼女が使っていた剣――それに埋め込まれていた僅かな装飾を使って作り替えたペンダントをくれた。

俺の初めての臣下だから。

そんな事を思いながら、俺は好んでそのペンダントを身に着けていた。

「──受けた恩は、多少強引にでも返させて貰うさ」

──なぁ、アメリア。

控えめな性格が影響し、言葉を交わしていた当初は、「貴女」もしくは「アメリアさん」と呼んでいたのだが、「さん」付けはやめてくれと必死に懇願していた彼女の姿がふと、思い起こされた。

本当に、濃い数日であった。

命を狙われ、殺され掛けていた日々。

本来であれば真っ先に忘れたいと思うような体験であったにもかかわらず、彼女の事だけは忘れたくないと強く思っている。

俺の中でアメリアの存在はそれ程までに大きかった。

「ただ、あの契約が切れてしまっている事が心寂しくはあるがな」

一生涯くらい。

嗚呼《ああ》、そうだ。

彼女とは、そういう約束であった。

そしてその言葉通り、彼女はその一生涯を嘘偽りなく己の意思で俺に捧げていた。

だから、心寂しくはあるけれど、もう一度しろとは言わないし、言う気もさらさらなかった。

何より、〝契約魔法〟なんてものがなくとも、俺にとって彼女はもう既に誰よりも信頼出来る人であるから。

そんな言葉を胸中に溢《こぼ》しながら、俺は立ち上がった。

きっと今頃、ロバーツが彼女を部屋へ案内している頃か。そんな事を思いながら、俺はゆっくりとドアへと近づいて行き――そのまま部屋を後にした。

五話

「……広っ」

採寸の後、ロバーツさんに案内された場所は女官であるからか、比較的、国王陛下であるヴァルターの執務室から近い場所に位置するひと部屋。

しかし、ドア越しに存在していた部屋のあまりの広さに私は思わず驚嘆してしまっていた。

軽く10人は窮屈な思いをしないで過ごせるであろうスペース。室内はこれまで誰も使っていなかったのか、もの寂しくはあるが、それでも必要最低限の家具は設えられていた。

「フローラ様にはこの部屋を使って頂くようにと陛下から言い付かっております」

ロバーツさんのその言葉で、私は二度目の驚愕をしてしまう。

「…………ここに私一人で、という事でしょうか」

そんな問いを投げかけた理由は、見る限り、寝具は一人分しか部屋に用意されていなかったからだ。

既に誰かがこの部屋を使っていて、私の分の物をまだ用意出来ていないという線も考えられた。

だが、私のそんな疑問に対し、

「ええ。そうですが？」

何を当たり前の事をとばかりにロバーツさんは頷いた。

「ここは元々、陛下の側仕えをする者の為に用意されていた部屋なのですが……」

そう言って彼は言い淀む。

そういえば確か、ヴァルターは執拗に己の側仕えという存在を拒み続けていたのだったか。

と、思い出し、私は言い辛そうにしていたロバーツさんに「……そういう事ですか」と苦笑いを向け、理解しましたと表情だけで伝えた。

「ですので、もしかすると今後、人が増える事があるやもしれませんが、その際は何卒宜しくお願いいたします」

元々、複数人の女官で使用する筈だった部屋。

そこで漸く、ああ成る程、そういう事だったのかと理解に至る。

「それでは、私はこれにて」

部屋までの案内を終えたロバーツさんはそう言って踵《きびす》を返し、私の下を去って行った。

「……ん」

取り敢えず、部屋の中に入るかと思い、中へと足を踏み入れるも手荷物すらまともにありはしないのでやる事など何一つとしてない。

部屋を観察しようにも、家具も両手で数え切れる程度の無駄にだだっ広いだけの殺風景を前に、何を見ると言うのか。

せめて、実家に置いている私の私物を手配、もしくは取りに戻っても良いかと聞くべきであったか。

……いやいや、あの場でそんな事を言える筈もないじゃないかと、私は一人、ため息を吐いた。

「取り敢えず……、これをどうにかしなきゃよね」

そう言って私は視線を下に落とす。

動き辛い煌《きら》びやかな赤を基調としたドレスが目に映った。

「普段着をこれ、にするわけにもいかないし」

パーティー用のドレスがこれからの私の普段着だなんて考えたくもない。しかも日帰り予定だった為、替えの下着類も当たり前だが持っていない。

こんな目立つ格好ではおちおち外にも出られないじゃないかと頭を悩ませる。

かと言って、普段着や下着類を欲しくとも買いに行く為の金銭を生憎《あいにく》今は持ち合わせていない。

こんな事なら私をパーティーへと送ってくれたウェイベイアの従者達に金銭を貸して貰えば良かったと私は今更ながら後悔をした。

となると、先程まで採寸をし、二日後には出来上がると言われていた騎士服めいたあの服の完成を待つべきか。

そんなこんなで八方塞がり。

うむむ、唸る私であったが丁度その時。

「入るぞ」

私が返事をするより先にそう告げた声の主が部屋のドアノブを回して押し開ける。

数時間前に聞いたばかりの声。

私の前に現れた人物はヴァルター・ヴィア・スェベリア。つまり、国王陛下であった。

——……でか。

あの時は距離が空いていたが、今はかなりの至近距離。故に、私は不敬にもまず何よりも先にそんな感想を抱いていた。

私が知っているヴァルターは130センチくらいで、私よりもずっとずっと背が小さい子供だったのに。それが今では頭一つ以上の身長差があり、見上げなければ視線は合わない。

あれから随分と成長したんだなあと、人知れず感傷に浸る。しかしそれも刹那。

「これから何か用事はあったか」

「い、え。ありませんけれど……」

「そうか。なら、少し俺に付き合えフローラ・ウェイベイア」

「それは一向に構いませんが、」

一体何の用事なのだろうかと尋ねようとした私の思考を読みでもしたのか。

「俺にとっても、お前にとってもそれなりに大事な話がある。……それと、お前もその姿では不便極まりないだろう？　それは今日付けで女官にと唐突に頼み込んだ俺の落ち度だ。だからその代わりに俺が用立ててやろう。分かったら今から外へ行くぞ。ついて来いフローラ・ウェイベイア」

パーティー用のドレス姿の私をみて、ヴァルターはそう言った。

お前の意見なぞ知らんとばかりにまくし立て、今すぐにでも外へ向かおうとする彼であったが、

「ですが、」

私はその申し出に対し、お手を煩わせるわけにはいかないと断りを入れようとする。

「俺が好きでやろうとしている事だ。俺を納得させられるだけの理由がないのなら素直に受け入れろ」

しかし、私のその発言は見事に封殺。

まともに取り合ってはくれなかった。

まじで横暴。

私を「さん」付けで呼んでいたあの頃のヴァルターはどこに行ったのだと無性に私は嘆きたくなった。

「……それで、大事な話というのは一体何なのでしょうか」

疲労感を顔に滲《にじ》ませ、げっそりとした表情を浮かべながら私は隣を歩く——お忍びの貴族と言わんばかりに黒のコートをすっぽりと頭からかぶるヴァルターに向けて問い掛ける。

——店主。こいつに見合う服を軽く50着程度用意してくれ。なに、金に糸目はつけん。

十数分前。

パーティードレス姿では不便だろうという事で用立てると言っていたヴァルターは、私を連れて貴族御用達のような高級感溢れる服屋に足を踏み入れるや否や、そんな事を宣った。

いやいやいやいや!!

そもそも50着もいらないし!!

金に糸目はつけないって、そりゃ貴方は国王陛下だし金に困ってないのかも知れないけど、貴方が気にしなくても私は気にするんだよ!!

と、内心でがむしゃらに叫び散らしながら私は必死に断りを入れ、何とか10着で手を打つ事に成功していた——というやり取りのせいで私はすっかり疲れ果てていたのだ。

10着で手を打ったとはいえ、えらく高そうな服であった為、心労で胃がダメになりそうであったが50着も買われる事に比べれば全然マシであると己を無理矢理に納得させた。

——女は服や装飾品が好きだと聞いていたんだが。

私が必死に拒絶をすると、ヴァルターはそんな事をほざくのだから心底驚かざるを得なかった。

どこの誰が彼にそんな偏見を植え付けたのかは知らないが、少なくとも私は服は必要最低限あれば良いとしか思わない。それに装飾品に至っては別に欲しいと思った事すらなかった。

令嬢としてではなく、騎士として生きた前世。

そんな私は、友人であるフィールからもサバサバし過ぎと言われるくらいだ。

それより。

私がヴァルターからの申し出に断りを入れた際、彼はどこか懐かしそうに笑んで、「それでも、50と口にした手前、数着だけというのは俺の沽券《こけん》に関わる。10だ。それ以上は譲れん」と言って納得してくれていた。私は採寸の際、こっそり店主に事情を説明してヴァルターには分からないように下着類も届けてもらえるようにお願いをしたので、それで十分だった。

まるで、私を誰かと重ねているような。そんな態度であった。

それに対し、どうしてと踏み込むと藪蛇になるような気がしてならなかった為、私は口を噤《つぐ》んだが、なにが正解であったのか。

それは未だに分からず終いであった。

「ああ、そういえばそんな事も言っていたな」

「……それがメインじゃなかったんですか」

明らかにそれ目的で私を連れ出していたじゃないかと責めるような視線をヴァルターに向ける。

すると、

「随分と物言いに遠慮がなくなってきたな」

私のその態度を見てか、面白おかしそうに彼は口角を上げて笑っていた。

気づかぬ間に私は限りなく昔のように接してしまっていた。

国王陛下ではなく、控えめな性格の少年であったあの頃のヴァルターに対するように。

彼の発言ではっ、と漸《ようや》く気付き、慌てて私は頭を下げた。

そうだ。彼はもう、あの頃のヴァルターではないのだ。

その自覚がまだ薄かった己を諌めながら、

――ご無礼を、申し訳ありません。

と直ぐ様、謝罪をしようと試みる。

しかし。

「構わん。別に俺はお前を責めたかったわけではない。それに、堅苦しい側仕えよりお前のようなヤツの方が万倍マシだ。だから、これは命令だ。俺にあまり気を遣ってくれるな」

「で、すが、」

私の発言を遮るように、ヴァルターの声が先にやってくる。

それでも言い淀む私であったが、無理もなかった。相手は国王陛下。一国の王である。

さっきはつい、昔の癖が出てしまったが本来であれば打ち首に処されても文句は言えない。

だと言うのに、ヴァルターはそれを許すどころか、これからはそれでいけと言う始末。

「お前がすべき返事は、『はい』か『分かった』か『承知した』か。その3つのどれかだけだ」

「……あの、せめて選択の余地を作って下さい。言い方が違うだけじゃないですか」

律儀に聞いたものの、聞こえてくる言葉全てが肯定の意を示すものでしかなく、思わず半眼で呆れてしまう。

「堅苦しいのは本当に心底嫌なんだ。選択の余地を取り上げる程に嫌っていると理解してくれ」

そう言って、楽しそうにヴァルターは笑う。

向けてくるどこか無邪気な笑顔を見ていると、どうしてか、何もかもがどうでも良いと思えてしまう。

「……分かり、ました」

「ああ。それで良い」

不承不承。

それでもヴァルターは満足なのか。

聞こえてくる声は先程より少しだけ弾んでいた。

「多少、話が脱線してしまったが……大事な話について、だったか」

そう言って彼は私の顔をジッと見詰める。

思わず何か顔についているのかと考えを巡らせてしまう程に、ジーっと凝視。

それが十数秒。

耐えきれずに私が目をよそに逸らすと漸く、ヴァルターは再び口を開いた。

「その前に。お前、俺とどこかで会った事はなかったか？」

「私が、陛下と、ですか？」

「ああ。そうだ」

あえて、私は陛下の部分を強調した。

そうした理由は、今から吐く嘘の罪悪感を減らす為。

私が会った事があるのは、ヴァルター・ヴィア・スェベリア殿下であって陛下ではない。

そんな子供騙しの言い訳をする為であった。

勿論、彼は気付いていない筈だ。

私がかつてヴァルターと生死を共にした騎士である事なぞ。

それになにより、私はその事を口にする気はなかった。こうしてどうしてか、彼の側仕えをする偶然に恵まれてしまったが、それでも変わらず。

だから。

「パーティーにて出会ったあの時が、初対面であるかと存じます」

私はそう口にした。

「そうか。不躾《ぶしつけ》に見詰めて悪かった。どうにも他人の空似であったらしい」

そしてヴァルターも驚く程あっさりと引き下がる。

すぐ引き下がるという事はそこまで重要ではなく、ただ単に思いついただけだろう。

気にするべき事ではない。私はそう決め付けた。

「それで、大事な話についてなんだがな」

漸くの本題。

一体どんな大事な話なのだろうかと考える私に、

「5日後に、俺は隣国へと赴く事になっているのだ。早速で悪いがお前には側仕えとしての任を果たして貰いたい」

言い放たれた言葉は、至極真っ当な仕事の話。

つまり、ヴァルターの護衛をしてくれ。というものであった。

六話　ヴァルターside

今から――17年も前。

王国が成立してから約450年の間に、女騎士という地位が認められた人間はたったの5人。

450年もの時を経て、たった5人であった。

女騎士という地位がどれだけ異常なものなのか、その数字を目にしただけで一目瞭然。

そんな異常という枠組みに収められていた人間がつい、17年前にも一人だけいたのだ。

一部の貴族からは嫉妬と畏敬と、嫌味を込めて――メセルディアの鬼才、と。

そう呼ばれていた女騎士がいた。

名を、アメリア・メセルディア。

男性と女性。

どちらが腕力に優れているかと問えば誰もが男性であると言うだろう。

それは決して間違いではない。

だからこそ、騎士というものは男性が務めるべき職務であるという固定観念が根付いている。

騎士とは剣を振るい、国を守る為に立ち向かう者の総称であるから。

しかし、偶にいるのだ。

そんな固定観念なぞ、知った事ではないと鼻で笑えるような〝異常〟と称すべき人間が。

男であったならばと両親からは幾度となく悔やまれ、なれど貴族の令嬢として生き、その類稀なる才を腐らせるにはあまりに惜しいとされ、王宮に半ば無理矢理に勤めるよう言い渡された人間がいたのだ。

周りからの嫉妬にあてられ、決して認めてなるものかと意固地になっていた騎士共のせいで己が強者であるという自覚は終《つい》ぞ当人には芽生えてはいなかったが。

……そもそも、普通であれば土台無理な話なのだ。

当時のヴァルターの兄にあたる王太子に味方をしていた公爵二人を始め、大貴族から差し向けられる追手。

それらから7歳の無力な少年を庇いながら馬で10日掛かる道のりを最後の最後まで守り切った。

本当に——それは異常でしかなかった。

それでもやはり、彼女も人間。

最後の最後で力尽き、死んでしまったが、幼き頃に見た鮮烈な武というものはいつまでも忘れられなかった。

故に、彼は——俺は、こういう形で無理矢理に彼女を巻き込む事にした。

護衛という任を。

臣下として、またあの時のように。

（……許せよ、アメリア。俺の為に、俺と共に在る為に——その鬼才を以て、飛翔してくれ）

一時の感情で、殺される事を受け入れる事しか出来なかった無力な少年を助け、騎士という名誉ある地位を逡巡なく投げ捨てた人間。

そんな彼女を己の側に縛り付けるには一体どうすれば良いだろうか。

そう考えた時、俺の頭にはまず初めに俗物じみた考えが浮かんだ。物で釣る、というやつだ。

しかし、それは案の定、先程拒絶された。

服にはあまり興味がない、と。

分かっていた事だが、彼女はやはり、金や物で縛り付けられるような人間ではなかった。

俺が何かを与え続ける事で側にいてくれるならばそれで良い。それに越した事はない。

他の者の言葉など黙殺し、俺は彼女に恩を返し続けよう。あの時俺が受け取った、多大な恩を。

だが、彼女は俺なりの恩を返そうとすればまず間違いなく拒む。

先程の会話がその確認だった。

——俺とどこかで会った事はなかったか？

この問いに彼女が頷き、己がアメリア・メセルディアであると告白してくれていたならばまた違った手段を取れた。

しかし、彼女はその問いに対し、首を横に振った。会った事はないと、そう言い切った。

だから俺は、この方法を取るしかなくなったのだ。

かつてメセルディアの鬼才と謳われていた女騎士——今生をフローラ・ウェイベイアという名で

生を受けた人間の存在を世界に知らしめるという手段しか。

（如何に地位に拘っていなかったとはいえ、貴女の才を認められなかった連中のせいであの頃は窮屈な思いをしていた筈だ。……これも、恩返しの一つだ。俺が、それを取り除いてやる）

名が知れてしまえば、それだけ無名の状態よりもずっと動き辛くなる。

加えて、国王である俺から重用されているという事実がひとたび広まれば、それはいつまでも付いて回る。

そうすればまず間違いなく、他国を含めたよそ者がフローラ・ウェイベイアに目をつける事はあれど、己の下へと勧誘するという機会はまず間違いなく失われる。

彼女がどこかへ行ってしまうかもしれない。その可能性を少しでも減らせるのならば。

そう思ったが故の、彼女の飛翔であった。

——コイツは、俺の臣下だ。他の誰にも渡さない。

一生涯の約束は、あの奴隷染みた契約だけ。

その他は一切約束をしていない。臣下であるのは、この時、この瞬間だけとは一言も。

だから揺らがない。

アメリア・メセルディアでなくなろうとも、彼女は俺の臣下だ。だから、フローラ・ウェイベイアは俺の臣下でなくてはならない。

そんな、子供の我儘のような思考を脳内で反芻《はんすう》しながら、俺は言外に護衛をしてくれと口にした事でポカンと呆気に取られていたフローラを見詰めた。

きっとこれから先、共に日々を過ごすならば、俺が間者から命を狙われる事もあるだろう。

兄や大貴族を斬刑に処した非情な国王。その認識は決して間違っていないから。

恨まれているというのも、事実だ。

そして、その場面に出くわしたならばおそらく彼女は昔のように俺を助けてくれるのだろう。

俺が民にとって、悪い王でない限り。

嗚呼そうだ。

ならばそれにかこつけて何か地位を与えてしまおう。そうすれば――。

次から次へとそんな事が思い浮かんでしまう己の思考に俺は苦笑いを向け、自分の執着ぶりを心の中で呆れ笑った。

けれど、仕方ないと思う自分もいた。

――17年振りなんだ。無理はない。ずっとこの日を待っていた。

どこからか聞こえてきたその幻聴に。

俺は、肯定の意を示していた。

＊　＊　＊　＊

「……ちなみに、ですが。陛下の護衛は――」

「勿論お前一人だが？　……まぁ、言っても聞かない連中が毎度3人程陰から勝手に護衛を務めてはいるが、俺が護衛として連れて行くのはお前一人だ」

つまり。

私が駄々を捏《こ》ねて無理ですと断ればこの国王陛下は単身で隣国へ赴くつもりなのかと。いや、そもそもコイツは私と出会うまでは単身で行っていたような口振りだったではないか。

……側に人がいる事を嫌っているとしても、それは幾ら何でも馬鹿すぎるだろう。

ヴァルターと話していたら何故だか頭が痛くなってきた。どうしてだろう？

「だが案ずるな。俺だって戦えないわけじゃない上、向かう先は決まって友好国だ。馬鹿と思われがちであるが、こうして護衛一人付けていない無防備さが相手への信頼度を表しているとも言える」

「……確かに、そのご意見にも一理あります。ですが、それでも」

己の立場を今一度見つめ直し、自覚するべきだと私は彼を諫めようとして。

「お前は、剣を振れるのだろう？」

ヴァルターは私の言葉に被せてそんな事を宣った。

あの時、あの瞬間。

事実の真偽にかかわらず、お前は剣を振れると言ったではないかと。喜悦を湛《たた》えた瞳が私を射抜き、その事実をひたすらに訴えかけてくる。

「戦時中でもあるまいし。護衛など一人いれば事足りる。それとも何か、お前は国王陛下である俺に対し、剣を扱えないにもかかわらず、嘘をついたのか？」

「……それとこれとは話が」

「違わんさ。俺が知るある奴は、10人いようが不可能であったであろう事を一人で成し遂げた」

それはただ単にヴァルターのいうその人が凄かっただけだろう。

私が死んだ後にもそんな凄絶な事があったのかと僅かに驚く反面、殆ど素人と達人を比べないで欲しいという私の嘆きの声を、彼は聞く気がないのだろう。

「とどのつまり、護衛なんてものは一人だろうが10人だろうが大して変わらん。それで運悪く死んでも俺は誰も責めはせん。ただ、俺に運がなかったというだけの話だ」

続く言葉がその事実をありありと語っていた。

主はヴァルター。

その彼にそもそも聞く気がないのだ。

だからこれ以上は無駄か、と私は深いため息を吐き、せめて私だけでも護衛につけるだけ以前よりはマシなのかもしれないとプラスに考える事にした。

「……分かりました。それでは、僭越《せんえつ》ながらその任を務めさせていただきます」

「ああ。それで良い」

「ですが、どうして私を外へ連れ出したのですか？　仕事の話ならば宮中でもよかったのでは？あの言い方でしたので、大事な話をしたいから外へついて来てくれと。私はそう仰られていたと捉えていたのですが」

「簡単な話さ。王宮には面倒臭い連中が多いからだ。何か事あるごとに口出ししないと気が済まない連中に目を付けられたくなかったのだ」

——女官になれと唐突に告げたその日に、それだけでは飽き足らず、5日後の予定にまでついて来いと言う。誰がどう見聞きしても口出しされるであろう要素ばかり。

だから半ば逃げるようにして王宮を後にし、外に出てきたのだと彼は言う。

「口出し、ですか」

ヴァルターはこれでも国王陛下という国のトップに君臨する人間。

そんな彼に口出し出来る連中がいるのかと。私はその部分に密かに驚いていた。

「……ああ、そうだ。鬱陶しいからと辺境に飛ばしてやろうかとも考えたが、そいつらは国の柱とも言える役割を果たしている奴等でな……。腹立たしい事にそいつらがいなければ少なからず国が揺れる故、聞き流すしかないのだ」

つまり、彼も彼なりにちゃんと王様をやっているという事なのだろう。

出てきた言葉には疲労感が滲み出ていた。

「何か、意外でした。陛下にもそんな方がいたんですね」

「いる。それも一人どころではなく3人な」

はて。

今のヴァルターに諫言出来る人物は……。

と、前世の記憶も含め、私が遡ろうと試みる最中。

「おや？　どこかで見た外套かと思えば、陛下ではありませんか」

どこからか声が聞こえてきた。

それは顔を隠すように服をすっぽりと被っていたヴァルターの背後から。

まるで当初から後をつけており、正体をとうの昔から看破していたかのようなどこか胡散臭い言い草。

決して私がそう思っただけ、ではなく、正《まさ》しくその通りなのだろう。

ヴァルターに視線を向けると、またこれかと言わんばかりに彼の表情筋が、ぴくぴくと痙攣《けいれん》していた。

「あれ程俺の後をつけるなと言いつけておいたよな。……ルイス」

肩越しに振り返ってみれば、そこには見知った顔が私の瞳に映った。

年齢は40程の瘦軀《そうく》の男性。

いかにもインドアですといった雰囲気を漂わせる彼の名は——ルイス・ハーメリア。

ハーメリア侯爵家現当主であり、17年前の時点で既に財務卿という地位にて今に至るまで国を支え続けてきた人間。

財務卿という国の心臓とも言い表せる役割を、担う人間が政争に関わるべきではない。といって中立を貫いていた男。

性格に少しばかり難があったような気もするが、彼は当時齢《よわい》20にして財務卿を務める程に優秀な人間だったなと私は懐かしむ。

成る程確かに。

いかに鬱陶しい諫言だろうと、ルイスを辺境に飛ばしてしまえば確かに国は少なからず揺らぐかもしれないなと少しだけヴァルターに同情した。

「元はと言えば政務をほっぽり出してどこかへ出掛けたどこぞの国王のせいなんですがね」

悪びれる様子もなく、後をつけていたと白状するルイス。

そんな彼の視線は流れるように、ヴァルターから私へと向く。

「おっと。貴女とは初対面でしたね。これはこれは申し遅れました。僕の名はルイス・ハーメリア。財務卿をさせて頂いております。陛下の女官を務めるのであれば、これから何かと顔を合わせる事もあるでしょう。以後、よろしくお願いしますね？」

どこか不快感を催す視線。

あからさまに私という人間を値踏みしようと向けられていた瞳であったが、

「フローラ・ウェイベイアと申します。こちらこそ、よろしくお願いいたします。ハーメリア卿」

正面切って、堂々と見つめ返す。

自慢出来たものでないが、生憎《あいにく》と、私にはこういった視線を向けられた経験が嫌になる程豊富にある。

名を馳せていた老獪《ろうかい》共や、私の事を気に入らない連中から日夜問わず奇異の視線に晒されていた身にとってそれは最早挨拶と言い表してもいい。

臆す事なく言葉を返した私に対し、ハーメリアは聞こえるか聞こえないかギリギリの声量でへぇ、と感嘆の声を漏らしていた。

あえて、私に聞かせたのか。

はたまた、私が偶々聞こえてしまっただけなのか。その真偽は分からない。

しかし。

「これはまた、随分と愉快なお嬢さんですね」

絡みつくような視線はその言葉を境に、ふっ、と霧散し、打って変わってハーメリアはにこりと柔和に微笑んだ。

「陛下の側ともなると、内からも、外からも気苦労が絶えないのは間違いありません。ですが――」

彼は心底、楽しそうに。

「その様子を見る限り、貴女にこれは要らぬ節介であったようですね」

その言葉を耳にし、ようやく理解する。

私にとって挨拶とすら認識してしまっていた貴族特有の絡みつくような視線。

ハーメリアが私に対して向けたそれは気遣いであったのだと。

「俺の女官だ。当然だろう？」

隣でヴァルターが得意げにハーメリアに勝ち誇っていたが、貴方と知り合ってまだ1日すら経っていないと思うんですが……。

と、表情に出して呆れる私を目にしたからか、

「……まぁ、今回はそういう事にしておきましょう」

ハーメリアもまた、私と同様に半眼で呆れていた。

「ああ、そうだ。ハーメリアがいるのなら丁度いい。一つ、伝えておきたい事がある」

「伝えておきたい、ですか？」

「5日後のアレなんだがな、コイツを俺の護衛として連れて行こうと思っている」

アレとは、隣国へ赴くと言っていた件についてだろう。

物のついでに言う事ではないと思うが、それでも重鎮にそれをキチンと伝えるヴァルターをみて、何だかんだ言って真面目なんだなあと思ったのも一瞬。

「………あの、正気ですか？」

その神経を疑うと言わんばかりの調子で放たれたハーメリアの言葉。

友好国へ赴くだけでどうしてそんな急に哀れむ視線を私は向けられなければならないのか。

そんな疑問が頭の中を埋め尽くす。

「無論正気だ。というより、何故お前はそうも過剰に反応をする？　それだとまるで俺が敵国に単身で向かいに行くような言い草ではないか」

「……大して変わりがないからこうして僕が陛下の神経を疑ってるんですよ」

漂う不穏な空気。

一体何がどうなっているのかと、何一つとして事情を知らず、疑問符を浮かべていた私の耳に届いた言葉は、

「持ち掛けられた縁談を断りに行くだけではないか」

数秒ばかり、私の頭の中を真っ白にしてくれる素敵な言葉であった。

「そもそも、俺はもう国王という地位にさほどこだわりを抱いてはいない。他国からの姫を迎えでもしてみろ。縛り付けられる未来しかない」

「国王陛下ですから、それが当然です」

「……それに、向こうは俺が国王として責務を全うすると見越して縁談を持ってきたはずだ。……後10年もしないうちに国王の座を退く人間と聞けば向こうからお断りだろうさ。縁談を受けようが受けまいが、結局拗《こじ》れる。なら、断る他ないだろう？」

「……国王の座を退く、ですか」

憚《はばか》られる様子もなく口にされた言葉。

しかし、ヴァルターは言わずもがな、ハーメリアはその衝撃発言の事を既に知っていたのか。

驚きといった感情は見受けられない。

ポツリとそう言葉をこぼした私一人だけがこの場でその理由を知り得ていない人間であった。

「意外か？」

「……いえ」

正直に言うと、意外であった。

ヴァルターが国王という地位に拘っていそうだとか、そういった理由ではなく、ただ単純に今の王国は私の知る限り平和であるから。

それはつまり、良き統治が成されているという事実に他ならない。

だから、こうして財務卿であるハーメリアから問題児であるとばかりに後をつけられていたとしても、ヴァルターは間違いなく良き王である。

そんな彼がどうして10年もしないうちに今の地位を退こうとしているのか。

何故退くのか。

そんな疑問が私の脳裏に渦巻いていた。

「そう取り繕わなくてもいい。簡単な話だ。俺が退く理由はな、俺が子を儲けるつもりがないからだ」

「子、ですか」

「ああ。もし仮に、この想いを覆す時が来ようとも、まず間違いなく王家由縁や大貴族の娘と添い遂げるつもりはない。……縛り続けられる人生など、ロクでもないと俺自身が知ってしまったからな」

——王族だなんて大層な地位なんて欲しくなかった。僕は……もっと自由に生きたかった。

いつだったか。

遠い昔。私に向かって心の慟哭《どうこく》を漏らしていた少年と、寂しげにそう語るヴァルターが重なった。

「国王という地位は決まって世襲だ。子を儲けるつもりのない王がいつまでもその地位にしがみ付いては後の世代が困り果ててしまう。だからこそ、俺は先10年以内にこの地位を退くつもりだ」

幸い、俺以外にも王族の血を継いでいる者は何人かいる。

ヴァルターのその発言を耳にし、まず初めに思い浮かんだ人物は私が王都へ来るきっかけとなった人物——ミシェル公爵閣下であった。

若くして公爵閣下となった彼は、ヴァルターが斬刑に処した異母兄の血を継いでいるのだ。

他にも数人。

先の血塗れとなった王位継承権という名の政争にてヴァルターの兄や親類は処罰されたものの、それでも王家の血は絶えていない。

当時10歳未満であった子供は処罰されなかったというヴァルターの温情的措置はもしかすればこの為であったのかもしれない。

「とはいえ、この決定はハーメリアを含めて3人しか知らん。いや、お前を含めれば4人か」

恐らくその3人というのが先程彼が言っていた辺境に飛ばそうにも飛ばせなかった者達に当て嵌まるのだろう。

「勿論、王家由縁の者にも誰一人として伝えていない。……政争はもう懲り懲りだからな」

そう口にするヴァルターには筆舌に尽くし難い疲労感が滲んでいた。

「だからこそ、公言出来ないのだ。俺が10年以内に王位を退くと聞けば向こうも二つ返事で破談の旨を承知してくれるだろうに……全く、やり辛い」

彼が巻き込まれたあの血塗れの政争さえなければ、彼は何に憚る事なく王位を退くと公言していたのだろう。

しかし、現実としてその選択肢だけは選べない。選んでしまったが最後。

じゃあ、次の王は誰に。

と、またあの悲劇の繰り返しにならない、とは言い切れなかった。

「まぁ、という事情あり、隣国へ赴く羽目になったのだが、なに、案ずるな。多少、嫌悪といった感情をぶつけられるやもしれんが、破談の旨を伝えに行くだけだ」

だから何も問題ないとヴァルターは私に向かって抜け抜けと宣う。

そんな彼に対し、私はゆっくりと瞑目をし、己の置かれた状況を整理する。

つまり私は女官としてヴァルターの護衛の為に隣国へ赴くと。

そしてその理由は彼が持ちかけられていた縁談を断る為であり。

〝その為についてきてくれ。

なに、心配はいらない。多少の嫌悪感はぶつけられるかもしれないけど大丈夫。大丈夫〟

といったところだろうか。

……全然大丈夫じゃないからそれ。

ハーメリアがどうしてヴァルターに対してあんな反応を見せていたのか。

その理由がよーく分かった。

成る程、ハーメリアが常識人でヴァルターはちょっといかれていると。

これからはその認識でいこう。

私は人知れず、その考えを頭に深く刻み込む。

既にもう逃れられない未来となってしまっているであろう面倒事に辟易しつつ、憐憫《れんびん》の視線を向けてくるハーメリアに対して「同情するならお前がついていけよ」と無言で必死に訴えかけ続ける事しか出来なかった。

七話

「——よしっ、と」

動きやすいようにぎゅっと髪を束ねた私は準備が出来たとばかりに声をあげながら、用意された部屋に設えられた鏡の前で己の身嗜《みだしな》みを確認。

そこには、騎士服に身を包んだ己の姿があった。前世とは異なる容姿。けれどどうしてか、まず初めに私が抱いた感情は懐かしさであった。

ヴァルターに半ば強制的に外へ連れ出され、ハーメリアと出会ったあの日より既に4日。

隣国への護衛任務を明日に控える私は、既に王宮での生活にすっかり馴染んでいた。

……とはいえ、ずっと昔に王宮勤めをしていたのだからそれは至極当然ともいえるものなのだが。

「今日も一日、頑張りますか」

鏡によって反射される窓越しに射し込んだ曙の光に、私は目を僅かに細めながらもそう言って、あてがわれた自室を後にした。

＊＊＊＊＊

「ですから陛下ッ!!　サテリカにあの女官を連れて行く事はおやめ下さいッ!!　ただでさえスェベリアはまだあの大粛清の事もあり、地盤が整っていないのです!!　こんな時期に他国からナメられるような真似を何故……っ」

ヴァルターの下へと向かう途中。

そんな喧騒が私の耳朶《じだ》を掠《かす》めた。

「俺がアイツを使える人間であると判断した。だから側に置く事にした。ただそれだけだが?」

「でしたら尚更、お考え直しください……!!　護衛を嫌う陛下が側に人を置く。それは良き事でありますす。我々も常々、側に人を置いてくれと諫言致しておりましたから。ですがどうして、女に騎士の真似事をさせているのですか……ッ!!」

悲鳴じみた叫び声は次第に勢いを増して行く。

それなりに距離が離れている私にまで聞こえる声量となっていたが為に、その内容も私の耳へ確かに届いていた。

私の目に映る二人のシルエット。

一人はヴァルターと分かるのだが、もう一人は見覚えがなく、誰なのかは分からない。

しかし、こうしてヴァルターに直訴出来る程度には位の高い人間なのだろう。

ヴァルターの下に向かおうとしていた私であったけれど、話の内容が己自身の事であると悟るや否や、その足を止めた。

今私が行っても事態は悪化するだけ。そう分かっていたから。

「……確かに歴史上、女騎士として務めていた人間はこのスェベリアにもいます。ですが、陛下も知っているでしょう…!? その者達は例外でしかない、と。この国にかかわらず、どの国でもまだ女騎士という存在を軽んじる固定観念は浸透したままです。その中で一国の王が女騎士を側に置くなど……」

言語道断です、と。

流石に言葉にこそされなかったが、本来続く言葉は容易に想像がついた。

「……まぁ、その気持ちは分かるんだけどね」

必死に叫び散らす男は私を貶《けな》しているというのに、その気持ちは私自身が一番よく分かってしまう。

女騎士という存在は歓迎される存在ではない。

なまじ王宮で過ごした過去があるからこそ、その事実は誰よりも理解出来てしまう。

「とは言っても、私に拒否権なんてものはないしなぁ……」

王宮勤めをしろとヴァルターに願われた2日後。

その事を知った実家から、物凄い長文で激励の言葉をかけられ、実家の事はいいから可能な限りそこで働けと言われた私に逃げ場などありはしないのだ。

それこそ、ヴァルターからもう来なくていいと言われでもしない限り、この生活が続くのだろう。

最早私は諦めの境地に突入していた。

「私だってなりたくてなったわけじゃないし、こればっかりは人任せにするしかないんだよねぇ」

そもそも、私も面倒ごとには極力関わりたくない人間である。

明日に控えた護衛の任務だって、私的には行かなくていいのならぶっちゃけ行きたくない。

嘲《あざけ》られる事にこそ慣れているものの、だからといって嫌悪の感情をぶつけられても問題ないというわけではないからだ。

という事情もあり、私はヴァルターに諫言をしている方を応援している境地ですらある。

「——そんなものは知らん」

ぴしゃりと。

捲《まく》し立てていた男に対し、ヴァルターは毅然とした態度で言い放つ。

億劫といった感情が、その言葉には込められていた。

「そもそも、お前はアイツの全てを知っているのか？　ろくに知らん癖にぐちぐちと囀《さえず》るな。実に不愉快だ」

「……これは、陛下の問題ではなく、スェベリア王国の問題です」

故に、こうしてしつこく指摘を続けているのだと彼は言う。

「国のトップは俺だ。これに関しては誰の指図も受けるつもりはない」

一切の意見も挟み込むつもりがないのだろう。

取りつく島もないとはまさにこの事であった。

そして、ひたすら諫言を続けていた男はそんなヴァルターを前に、ため息を吐く。

「……そうですか。実に、残念でなりません」

それだけ告げて、男はヴァルターに背を向けた。

寵愛をするあまり、分別がつかなくなってしまわれたか。

哀れみの感情を込め、そうひとりごちる彼はその場を後にしようとして。

「待て。ライバード」

ヴァルターが去ろうとする男をどうしてか、引き留めていた。

ライバード・ツヴァイス。

成る程、彼はツヴァイス侯爵家の人間だったのかと私が一人、得心する中。

「お前はどうやら勘違いをしているようだ。俺は、一番強く信頼出来る人間を側に置いているだけなんだがな？」

その言葉によって、去ろうとしていたライバードの足がぴたりと止まる。

「……一番、強く信頼出来る……？」

耳を疑うような言葉だったのだろう。

これ以上ない不信感をあらわに、彼は問い返していた。

「少なくとも、アイツは俺よりもずっと強いぞ。とはいえ、俺がいくら言っても誰も信じはしないだろう。だから元より、いつかこうしてアイツに向けられる不信感を払拭する為の機会を設けるつもりだった」

そんな話は一切聞いてないんですが。

心の中で冷静に突っ込む私の言葉は無情なまでに届かない。

「何なら己が身で言葉の真偽を確かめるか？　ライバード」

「……後悔しますよ」

「すると良いな」

……いやいやいや、待って。

ねえ待って。私、ヴァルターに剣が振れるか聞かれただけじゃん？

確かに実家ではする事ないし、貴族の令嬢らしくお茶会に参加する事を拒んで庭で剣振るったりしてましたとも。

百歩譲ってその事実を何故かヴァルターが知っていたとしましょう。でも何で本職の騎士と私が戦う流れに持っていくわけ？　というか、その自信はどこから湧いてくるんだ！　くそが！

「という事だ。問題ないか？　フローラ」

三十六計逃げるに如かず。

ここは戦略的撤退をし、部屋に戻って風邪のフリでもしよう。そう考えていた私に向かって、言葉が投げかけられる。

……どうやらヴァルターは私の存在に気が付いていたらしい。

「……問題だらけです」

名前を呼ばれてしまったともなれば逃げるわけにはいかないと。私は観念し、返事をすると二人の視線が此方《こちら》に向いた。

形だけは一応、拒絶してみたのだが、ライバードさんは「陛下を誑《たら》し込んだ悪女め」みたいな視線で殺《や》る気満々に私を睨《ね》め付けていた。

……何でよ。

私はこの残酷すぎる現実を前に、無性に泣きたくなった。

「……お噂はかねがね伺っております。フローラ・ウェイベイア殿」

きっとその噂はロクでもないものなのだろう。

敵意をこうもむき出しにされているとそう思わざるを得ない。

だがしかし、ヴァルターの手前、貴族令嬢ではなく女官扱いをしなければならないと念頭に置いているのか。

呼ばれた敬称は嬢。ではなく殿。

私の前では一応、公私を混ぜるつもりはないらしい。

「お初にお目にかかります。ツヴァイス卿」

そう言って、私は一礼をする。

「先程の会話は聞いていたかと思うが、陛下は随分と貴女を信頼されているようだ。……しかしいかんせん、此方は陛下が貴女を信頼するに至った出来事というものを目にしていない」

ぶっちゃけ、私もそれ知らないんです。

とは、流石にこの状況下では口が裂けても言えなかった。

「加えて、貴女は女性だ。陛下の護衛であろうとなかろうと、女性の騎士という存在は未だ偏見の目で見られている」

「……何が言いたいのですか?」

「簡単な話です。貴女には、証明して頂きたいのです。陛下の言う、実力というものを」

「………」

私はおもわず口ごもる。

「このままでは、貴女も周りの人間から向けられる懐疑のせいで肩身の狭い思いをし続ける事でしょう。それを払拭しては頂けませんか」

これは挑発だ。

私に彼からの申し出を受けさせる為の挑発。

しかし、彼の言う言葉には一理あった。

……とはいえ。

「……そう、ですね」

私は歯切れの悪い返事をする。

それは決して、逃げたいから、という理由だからではない。ただ単に己が経験した過去の事例に基づいた反応だった。

仮に負ければ、やはり女かと蔑まれ。

反対に勝ってしまえば、やれ小細工だ、やれ調子が悪かっただ、やれ女だから花を持たせてやっただ。

そう言われ話にならなかった過去がある。

だから、払拭して頂きたいなどと言われても申し出を受けるつもりはなかった。

それに、騎士として生きていた前世の私ならば兎も角、今の私が剣を振るって実力を証明する。

その行為はきっと侮辱でしかない。

こんな中途半端な今の私が騎士として真っ当に生き続けてきた彼らの前に剣士として立つ。

それは、もはや冒瀆だ。だからこそ、私は歯切れの悪い返事を続ける事しか出来なかったのだ。

「……貴女の考えはよく分かりました」

申し出を受けるつもりはない。そう捉えたのだろう。

呆れ混じりにライバードさんは言葉を吐き捨てる。

「やはり貴女は陛下に取り入っただけの者でしたか。全く、そのような服までわざわざ身に纏い……ご苦労な事だ」

言葉遣いが乱雑なものに変わる。

取り繕う必要性すらもないと彼自身の中で断じたのだろう。

「あれだけご自身の側仕えを拒んでいた陛下が直々に仕えろと願った人間。加えて、ハーメリアからも芯の通った女性だと聞いていたのだが……容姿にでも惑わされ、無分別になっていただけだったようだな」

彼は恐れ多くも、ヴァルターと。そしてハーメリアを嘲弄する。

「剣を抜き、実力を証明する事すら出来ない。全く、陛下の側仕えが聞いて呆れる」

盛大に。

これ以上なく蔑まれる私であったけど、それでも言い返そうとは思えなかった。

別に、蔑まれるのはこれが初めてではなかったから。ずっと、ずっと爪弾きにされていた過去があるせいで今更その程度と思ってしまっている。だからなのだろう。わざわざ剣を抜く必要があるとは思えなかった。

私がこうして護衛をしているのも、贖罪故。

あの時、あの瞬間、守ると言っておきながら先に死んでしまった事に対する贖罪。

私の剣は守る必要性がある時に守れればそれでいい。そう、考えていたからなのだろう。なの、に。

「実力の一つもないというのに、お前に剣など無用の長物だろう。言い返す意気地もない奴が騎士の真似事をするな。何一つ守れもしない者に――」

そこで、無意識に手が出ていた。

ヴァルターが女官兼、俺の護衛なのだから剣が必要だろう。

そう言って用意をしてくれた剣。

腰に下げていたそれを瞬く間に鞘《さや》ごと抜き、刃先にあたる部分を私はライバードさんに向けていた。

「実力があるとは言いませんが、それでも、こうして護衛の任を引き受けたからにはお守りするつもりでいます」

どうしてヴァルターが私に護衛を頼んだのか。

どうして彼が私を強いと言うのか。

どうして、どうして、と考えれば考える程分からない事だらけであると自覚させられてしまう。

けれどそれでも、守ろうと思っている。

それだけは揺らがない。

ヴァルターを含め、誰も知らないだろうけど、それが私なりの贖罪であるから。

あの時、守りきれなかった私の、贖罪。

だから堪えきれず、こうして手が出てしまったのだろう。

「それと、不敬が過ぎますよツヴァイス卿。私を蔑むのは構いませんが、陛下に向かってその言い草は如何なものかと存じます」

そう言って、私は向けていた剣を下ろす。

こうなった原因は何か。

決まっている。私が原因だ。

前世からずっと、女であるから。女だからと毎度の如く性別が私の足を引っ張ってきた。

本当に、どうせ生まれ変わるのならば女から男にでも性転換してくれてたら話はもっと簡単だったのに。などと思いながら、

「……どうして、そうまでして数日前まで貴族令嬢でしかなかった私の実力を知りたいのかは分かりませんが」

いくら前世が騎士であったとはいえ、本職の騎士に今の私が勝てるはずもない。

その当たり前の前提が、つい先程のヴァルターの発言のせいで失われてしまっている。

本当に厄介な事をしてくれたな。

感情を込めてヴァルターを見遣ると、彼は心底楽しそうに私を見つめていた。

……何が面白いのやら。

「一度だけ。これ一度きりにしていただけるのであればお受け致します」

とはいえ、私が証明出来るものなんて何もないのだが。だが、そう言っても彼らは納得してはくれないだろう。致し方なしというやつだ。

こちとら全盛期であっても、追われる王子殿下一人、満足に逃す事の出来なかった木っ端の元騎士でしかないというのに、過度な期待をかけないでくれ。

そう思う私の想いはきっと、未だ誰の下にも届いてはいないのだろう。

八話　Other side

「よう。隣、いいか？　ヴァ、ヴァル坊」

ところ変わり――騎士団専用の教練場にて。

普段であれば十数人もの騎士達が励んでいるであろう光景がそこにはなく、今日ばかりはまるで無人と勘違いを起こしてしまいそうな程に静まり返っていた。

がらんとした教練場。

邪魔にならないようにと考えた配慮故なのか。

腕を組み、端の方でじっ、と佇んでいたヴァルターに声が掛かる。

「……いい加減、坊はやめてくれユリウス」

ヴァル坊とヴァルターの事を呼ぶ人物は後にも先にもただ一人だけ。故に、視線を向けるまでもなく正体を看破していた彼は、ため息混じりに呟いた。

男の正体は、ユリウス・メセルディア。

今はメセルディア侯爵家の現当主であり、騎士団長をも務める傑物。

どこか粗雑な口調とは裏腹に、容姿は控えめであり、どこか寡黙な印象を与えてくる。

「良いじゃねえか。公の場でもあるまいし。俺にとってお前はどこまでも坊なんだよ。諦めてくれや」

「……はぁ」

ユリウスの様子を見る限り、こればかりは何を言っても耳を貸してくれないと今回も悟ったのだろう。

何度目か分からないやり取りに辟易しながら、ヴァルターはこれ以上、この件に関して咎める事は諦めた。

「それにしても、だ。あのヴァル坊が随分と珍しく、執着してるんだな。あの小娘に」

そう言うユリウスの視線はヴァルターから別の方向へ。

瞳に映る二人の人影。

ライバード・ツヴァイスとフローラ・ウェイベイアの姿を捉えていた。

「で、ヴァル坊お気に入りのあの子は一体何秒耐えられると思ってんだ？」

「……20秒だな」

「おいおい、過度な期待の割に控えめな回答じゃねえか」

だが、女の身でライバードの剣を20秒耐えられるってんなら御の字か。と、勝手に自己解釈を終えるユリウスに向けて、今度は笑い混じりにヴァルターが言う。

「違うぞユリウス。俺は、20秒以内にライバードが負けると言ってるんだ」

「あん？」

耳を疑うと言わんばかりにユリウスは呆けた顔を向けていた。

「……一応、騎士団長の身であるからこそ言ってやるが……ライバード《あいつ》はここ数年の中じゃ天才って言われても可笑《おか》しくねえ技量を持ってる。聞けば、今回の仕合《コレ》は、ヴァル坊があえて感情を燻《くすぶ》らせていたライバードに、挑発を認めたと、そう聞いてるぜ？　一体どういう事なんだ？」

その通りであった。

言い合いをしているところに偶々、フローラが通りかかったと彼女は思っていただろうが、それは勘違いである。

あえて、仕合をせざるを得ない状況下に持っていく事を許可したヴァルター発案の茶番であったのだ。

「……もし。あくまでこれは仮の話であるが、ライバードの前に立っている剣士が、メセルディアの鬼才であれば、どうだ？」

メセルディアの鬼才こと——アメリア・メセルディア。それはヴァルターの隣で会話を続けるユリウスの実の妹でもある。

「……身内贔屓《びいき》は入り込んでいるとは思うが、恐らく十中八九アメリアが勝つだろうよ。だがそれが何だってんだ。アメリアは死んだ。それはヴァル坊が一番分かってんだろ。何、無為でしかない質問を——」

そこで、言葉を止める。

否、思わず止まってしまったのだ。

ユリウスが知る限り、ヴァルターという人間が目に見えて心を許していた者は後にも先にもただ一人。

アメリア・メセルディア、ただ一人。

命日にはたとえどれだけ政務が忙しかろうと花を捧げに行き、形見であるペンダントは欠かさず首に下げている。これだけでも、どれだけ懐いていたか一目瞭然だろう。

そしてもうそれは後にも先にも彼女一人でしかないのだろうとユリウスは思っていた。

そんな彼が何故か突如として、ある令嬢を側仕えにすると言い、己の女官として働かせていると言う。

ヴァルターの固執ぶりを知っていたユリウスだからこそ、ある結論に至ってしまう。

「ヴァル坊、お前……」

「ユリウスは、転生というものを信じるか」

……見事に予感が当たりやがった。

そう言わんばかりにユリウスはヴァルターのその言葉を聞くが早いか、下唇を軽く噛み締める。

「……あの子をアメリアと重ねてんのか」

責めるような視線を向けるユリウスであったが、それにあてられるヴァルターはといえば、機嫌よさそうに微笑むのみ。

「仮にヴァル坊の言う転生があったとしよう。だが、あの子がアメリアである根拠はどこにあるよ？」

「俺がそう思った。根拠なぞ、それだけで十分だ。もし仮にアメリアとしての記憶があろうとなかろうと俺がフローラ《あいつ》をアメリアの生まれ変わりであると判断した。そばに置く理由なぞ、それだけで十分過ぎる」

「……相変わらずアメリアが絡むと病的になるのな」

　ユリウスは深いため息を吐く。

「とはいえ。まぁ、アメリアが絡むとヴァル坊はもう何言っても無駄と知ってるからこれ以上を言うつもりないが……、疑問が一つだけある」

「何だ？」

「どうしてただの貴族令嬢であるあの子を巻き込んだ？　お前はどのみち王を退くつもりだっただろうが。なら、その後あの子を迎えに行ってやれば良かったんじゃねえか？　……アメリアの騎士時代の境遇を知らんお前じゃねえだろうに」

　彼がそう言うと、ヴァルターは少しだけバツが悪そうに俯き、視線を落とした。

　そして、消え入りそうな声で一言。

「……悠長に放っておけば、俺の知らないどこかへ行ってしまうと思った」

「あん？」

「元々は、放って置くつもりだった。けれど、あろう事かあいつはミシェルの花嫁選びのパーティーにやって来た。……このまま放っておいてはどこの馬の骨とも分からない奴のところに行ってしまうような気がしたんだ。……気付いたら、俺は女官を頼み込んでいた」

「……お、ぃ。ヴァル坊、待て。それだとまるで以前から知ってたような口振りじゃねえか」

「そうだが？」

「……いつから目ぇつけてたんだ」

「5年前」

「はあぁぁぁぁ……」

それはもう執着心が凄いだとか、そんな域を突き抜けちまってんぞ。

流石にそれを言う気力すらないのか、あからさまなため息を吐くだけに留められていたが、ユリウスは己の主の病的さに頭を抱えざるを得なかった。

「……分かった。ヴァル坊に常識ってもんが通じねえ事はよぉく分かった。そんなお前が言うんだ。もしかすると、本当にあの子はアメリアの生まれ変わりなのかもしれねえ。だが、メセルディアの鬼才と謳われたあの頃の実力があるとは限らねえだろ？」

「剣を振れると。あいつはそう言った」

ヴァルターは元より、フローラがアメリアとして生きた頃の記憶を持っていようが持っていまいが些細な事であると考えていた。

欠片でも覚えていたならばラッキー。

本当に、その程度。

しかし、実際に顔を突き合わせ、言葉を交わすと手に取るように理解してしまったのだ。

彼女は。

フローラ・ウェイベイアは紛れもなくアメリア・メセルディアの生まれ変わりである、と。

だからあえて剣が振れるかと尋ねた。

そしてその問いに彼女は振れると答えた。

普通、ただの貴族令嬢が剣を振れるかと尋ねられて振れると答えるだろうか。

答えは、否。

故に、アメリアであった頃の技量の一つや二つ、受け継いでいるのではないかと思ったのだ。

そして、騎士服を身に纏った際のあの悠然とした佇まいで確信に至った。その懐かしさに、ヴァルターは己の色褪せない記憶の中に存在するアメリアを見たのだ。

「このご時世、女であるにもかかわらず、剣を扱える事を隠そうともしない奴を俺は一人しか知らん」

心底、楽しそうに。嬉しそうに。

ライバードとの仕合に備え、準備を整えていたフローラを見つめながらヴァルターはそう口にした。

＊　＊　＊　＊　＊

――何一つ守れもしない。

私がこうしてライバードさんの申し出を受けた理由こそが、その一言。

事実として、私には守り切れなかった過去がある。守ろうにも、守れなかった煤《すす》けたセピア色の過去が。

しかしそれでも騎士として生きた記憶があるからなのだろうか。何一つ守れもしないと告げられただけにもかかわらず、ただ聞き入れる、というのはどこか釈然としなかった。

何より、己自身すらもその瞬間は気付いていなかったが右手は剣へと伸びていた。

きっと私自身、自覚がなかったというだけで「剣」というものに誇りを抱いているのだろう。

だから、二度目の生にもかかわらず、その「剣《誇り》」を断ち切るどころか前世と同様に抱え込んだ。

故に――私は聞き流せなかったのだろう。

しゃらり、と鳴る鉄の音。

抜剣すると共に聞こえる心地の良い金属音は私の鼓膜にどこまでも染み込んだ。

「私は問題ありません。いつでもどうぞ」

怯懦《きょうだ》になるどころか、泰然自若に淡々と言い放つ。気後れといった感情はどこにも存在していない。元より、この身は騎士であった。

騎士の一人を前にした程度。仕合の一つで感情を乱す時期はとうの昔に過ぎ去っている。

手にする得物はヴァルターに用意して貰っていたものではなく、仕合用にと手渡された模擬剣。

未だ手に馴染んでこそいないが、特別扱い辛いというわけでもない。

だから今はこれで十分。素直にそう思った。

「…………」

手首を返しながら、具合を確かめる。

そんな行為を繰り返す私をジッと見詰め続ける視線が一つ。

それは、私の目の前に佇む男——ライバードさんから向けられていたものであった。

あれだけ挑発をしてきた張本人だというのに、教練場についた途端、借りてきた猫のように口を閉ざしてしまった。

そして、私が剣を手にするや否や、こうして注意深く観察を続けている。

剣に対しては真面目な人なのだろう。

そう思うと、少しだけあの挑発にも納得がいく。騎士でもない17の小娘が剣を引っ提げていたのだ。だから、馬鹿にするなと怒りたくなるのも分からないでもなかった。

「……いや、先手は譲ろう」

「それは私が女だから、ですか？」

反射的に言葉が口を衝いて出た。

何故ならば、聞き飽きる程に耳にしてきた発言であったから。

女であるから。女だから。

騎士以前に、剣を握った瞬間より、その固定観念が幾度となく私の神経を逆撫でしてくれた。

そしてそれは今生でも変わらないのだという。

嫌う言葉だというのに懐かしさからか、くすりと笑みが漏れた。

「……いえ、これは愚問でしたね。そういう事であるならば、お言葉に甘えさせていただきます」

女だからと侮られる。

幾度となくその行為を、他でもない私は味わってきたではないか。

本当に、いまさらだ。

だから私は割り切る。

それに、ここ17年、まともに剣を振るっていない。

ハンデをくれると言ってるのだ。なら、有り難く貰っておこう。

「限りなく我流に近い剣の為、お目汚しでございますがお許し下さい」

前口上を述べ、私はぶん、と剣を振るい、目の前の光景を一度真横に断ち斬る。

誰かに己の剣を見せるのは、はたしていつ振りだろうか。そんな感傷に浸りながら、小さく口角を歪めた。

「では――」

相も変わらず、女だからと舐め腐りやがって。

口にこそしないけれど、心の中でそう毒突きながら私はぐっ、と剣を握る右手に力を込める。

続け様、足にも。

そして次の瞬間――。

「――っ」

息を呑む音と共に、強烈な金属音が響き渡った。

二度目の人生。それも元騎士という立場。

色々と反則染みているけれど、性別で侮ってくれた報いだ。ちょっとくらい痛い目みろ。

そんな想いを前面に出しながらギリギリと悲鳴をあげる模造剣の柄を持つ手に力を込める。

肉薄に要した時間は瞬く間。

その恐るべき速度に驚いていたからなのだろう。今しがた刃を合わせ、私と凌ぎを削るライバードさんは驚愕に目を剝いていた。

程なく、どちらともなく剣が弾かれ――しかし、再度お互いに迫らせる剣。

二度目の衝突の際には、お互いに容赦がなりを潜めたのだろう。火花が辺りに散り、落ちた。

そして拮抗状態は続き、ギチギチと込めた力により、震える剣からは刃音が漏れ出ている。

「な、ん――だと？」

あの挑発具合から察するに、私は剣をまともに扱えない女だと思われていたのだろう。

想定外過ぎたのか。一旦距離を取り、立て直そうと試みるライバードさんであったが、私の剣はそれを許さない。

蛇のように絡み付き、退くという選択肢を容赦なく封殺する。

驚愕に重なる驚愕。

あり得ない光景に上書きされ続けていたせいか、思考が満足に追いついていない彼の隙を突くように、

「女だからって侮るからこうなる。見た目で判断すんな餓鬼んちょ」

前世の頃の年齢が今のヴァルターと確か同い年だから……。

あああ……！　考えないようにしてたのに!!

このクソ餓鬼め!!

と、私は20歳程度だろうライバードに向けて、仕合中である事をいい事に乱雑な口調で胸中で燻っていた想いをぶつけてやる事にした。

「こな、くそ……ッ!!!」

みしり、と模擬剣が悲鳴をあげる事に構わず、力を込める。

しかし、それでもやはり元来の膂力《りょりょく》の差は想いなどで埋まるような都合良いものではない。

だから少しだけ反則染みた行為を用いて――

「マ、ナだと……ッ!?」

――うわっ、バレないように気を付けたのにライバードさん気付いちゃうんだ。

驚愕続きのライバードの表情に満悦していた私は悪びれる事もなく、小声で嘘でしょとばかりに声をもらす。

そして、一瞬にして手に纏わり付いた光――ライバードさんがマナと呼んだ存在の助けもあり、本来の膂力の関係が逆転。

力強く踏ん張った事で足下が僅かにひび割れるも、そんな事、今はこれっぽっちも関係がない。

――女に力負けして無様に吹っ飛んじゃえ。

意地の悪い事を考えながら、私はそのまま剣を振り下ろした。

＊　＊　＊　＊　＊

「……へぇ」

剣は確かに振り抜いた。

そして、力負けしたライバードさんは押し返されたのだが、足を力強く踏ん張っていたせいか、押し返せたのは数メートル程度。

吹っ飛んだとは言い難いレベルであった。

——……結構、力込めたつもりだったんだけどな。

それをあえて口にすると負けた気しかしなくなるので、私は胸中に留める事にした。

マナの存在を隠そうとしていた事。

鍛錬らしい鍛錬を17年サボっていた事。

言い訳をしようと思えば出来るだろうけど、女だ何だとグチグチ言ってんじゃねえと指摘した手前、私がグチグチ言ってはどの口が、となってしまうので口籠もる。

「……お強い、ですね」

教練場の床となっている砂礫《されき》がほんの僅かに先程の攻防によって巻き上がってこそいるものの、視界は良好。

足跡を刻み付けながらも耐え切ってみせたライバードさんに称賛を送る。

素直に、凄いなと思ったから。

あれだけ侮っていたにもかかわらず、瞬時にマナの存在を看破して続く一撃に備えてみせた。

きっと、将来有望な騎士なのだろう。

「……ああも自由にマナを扱える者を見たのは、これで5回目だ」

会話がすれ違う。

強いという賛辞の言葉には耳も貸さず、彼の意識は先程私が使っていたマナにのみ向いていた。

マナとは、摩訶不思議なナニカとして世間に認知されている。

基本的には爆発的に身体能力を向上させる手段として知られているのだが、いかんせん使用者は驚く程に少ない。

だから、なのだろう。

「……誰から教わったんだ」

「我流ですので」

「…………………」

ライバードさんはむすっ、とした表情を作る。

私がマナについて話す気はないと判断したのだろう。しかし、私のマナ《これ》は本当に誰から教わる事もなく、気付いたら出来ていた。使えるようになっていた偶然の産物である。

故に決して嘘を吐いているわけではないのだが、ライバードさんはそう受け取ってはいないのだろう。不機嫌そうな顔がその全てを物語っていた。

「そういう事ならば、此方で勝手に判断させて貰う」

「ご随意にどうぞ」

マナは希少な存在だからこそ、どうしても指導者に似通ってしまう。

そして、その指導者もごく僅か。

今がどうなっているかは知らないけれど、17年前は私を含めてマナを扱える人は王国に7人いたかどうかのレベルだった。

だからこそ、マナを扱える人間は重宝される。

とはいえ、今私が言ったように偶然使えるようになった者も少なからずいる為、別に不自然な事ではないのだが、彼は納得していないのだろう。

「…………」

無言で再度構える。

十数メートルの距離越しに見えるライバードさんの様子に、当初のような侮りといった感情はもう見受けられない。

その瞬間。

ようやく彼に剣を振るう事の出来る人間であるとして認められたような気がした。だからか、少しだけ歓喜の感情が己の中に存在していた。

「……ん」

睨み合う数秒間。

どちらが仕掛けるか。備えるか。

その駆け引きが始まった事で今一度気を引き締めながら、私はくぐもった声をもらす。

こんなやり取りはいつぶりだろうか。

勘は鈍っていないか。大丈夫だろうか。

カウンターは。

ぶわっ、と吹き出た感情と相談をしながら正眼に構えた剣を手にする腕に力がこもる。

しかし、そこである事実に気が付いてしまった。故に。

「——参りました」

構えていた剣を下ろし、私は何の脈絡もなく白旗を振った。

「何——っ!!」

何だと、と。

叫ぼうとしていたであろうライバードさんだったが、突如として告げられた降参宣言のせいで上手く言葉になっていなかったがそれでも、

「剣に、ヒビが。己の得物にまで気を回せていなかった私の負けです」

そう言って、手にする模擬剣の腹をライバードさんにも見えるように突き出す。頭の中からすっかり抜け落ちていたが、これは模擬剣。本来の剣と同じように扱っては折れてしまうのは自明の理であった。

もっとも、模擬剣はひび割れてこそいるが恐らくあと一撃程度ならば耐えてくれた事だろう。

しかし、私は一撃を見舞う事なく降参を選んだ。

その理由は、己が熱くなり過ぎていた事に加え、これ以上ともなると一介の貴族令嬢でしかない筈なのに。という矛盾が生まれてしまう。もう既に手遅れな気がするけれど一回だけならまだまぐれとして何とか言い訳が出来るだろうから。

剣がひび割れてしまった事は、案外私にとって都合が良かった。

「……そういう事か。であれば——陛下!!」

剣がひび割れては続行不可。

その事に関しては理解を示してくれたライバードさんは何を思ってか、遠くで眺めていたであろうヴァルターの名を呼んだ。

「この者に新たな剣を——」

——貸し与えても宜しいでしょうか、と。

叫ぼうとしたところに割り込む一つの声。

「もう良いだろうが。なぁ?　ライバード」

年齢は40を少し過ぎたあたりだろうか。

貫禄のようなものが滲み出ていた。

大声を上げ、ライバードさんの言葉を遮った人物を私は知っていた。

「これは模擬仕合ではなく、ただ実力を見る為に行われたもんだったはずだ。お前はあれでも不満って言うのかよ?」

名を、ユリウス・メセルディア。

前世の私の兄だった人物である。

メセルディア侯爵家のトレードマークとも言える燃えるような赤髪。それを目にして、少しだけ懐かしさに襲われた。

いつ、教練場へ足を踏み入れたのか。

それは知らないけれど、口振りからして先程までのやり取りを観戦していたのだろう。

「それ、は」

言い淀む。

二度剣を合わせただけであるが、ライバードさんにとってはそれだけで十分だと。

浮かべる表情が物語っている。

「防戦続きで悶々としてんのは分かるが、本来の目的を見失ってんじゃねえよ」

スタスタと足早に近寄ってくるユリウスは、程なくライバードさんの下へと辿り着き。

ゴツン、と。

ライバードさんの頭に拳骨を落としていた。

「い、っ——!?」

相当痛かったのだろう。

苦痛に目を細めるライバードさんを見て私ですら同情した。

なにせ、ゴツンって音私のとこまで聞こえてたし。

「あー、そうだそうだ」

ふと、思い出したかのように。

拳骨をかましていたユリウスは何を思ってか、肩越しに私の方へと振り向いた。

「良いもん見せて貰ったぜ嬢ちゃん。このクソ餓鬼、周りから天才だ何だって持て囃《はや》されててなぁ。なまじ実力があった分、困ってたんだが、ほんっと助かったぜ。こいつの鼻っ柱折ってくれてよ」

私、別に勝ったわけではないんだけどなあ、と思いながらも、ユリウスからするとアレで十分であったのだろう。

痛い目みろ！　って剣を思いっきり振るったら模擬剣にヒビが入っちゃったってだけなのに私は何故か感謝をされていた。

私としても少し釈然としなかったけど、向こうがこれで良いと言ってくれてるのだ。それで良いじゃないかと私は納得する事にした。

「嗜み程度、ではなかったのか」

「もう一回」と納得がいかないのか、声を上げるライバードの首根っこを掴み、ユリウスが引き摺るようにして無理矢理に教練場を後にした直後。

静観を貫いていたヴァルターが私の下へとやって来る。懐疑の混ざった言葉だと言うのに彼はどうしてか、どこか嬉しそうで。

その理由が私には良く分からなかった。

存外戦えるという事に対しての喜びなのだろうか。

「嗜み程度ですよ。ええ、間違いなく。今回はライバードさんが私を舐め腐ってくれていただけです。再戦、ともなれば私が真っ向から負けてしまうでしょうね」

それは決して謙遜ではなく、まごう事なき本音であった。強いと口にしたあの言葉に嘘偽りは一切入り込んでいない。

「今回はただ、運が良かっただけですよ」

負けであってその実、負けではない。

そんな奇妙な結果に落ち着いたのは、単純に私の運が良かったというだけである。

「そういうものか」

「はい。そういうものです」

少しだけまだ納得がいっていないのだろうか。

物言いたげな視線を私に向けていたが、述べた意見を私が覆す気はないと悟ったのだろう。

不満げではあったが、ヴァルターもそれで納得をしてくれていた。

「ほら」

そんな掛け声と共に差し出されるひと振りの剣。それは、先の腕試しのような事をする際に邪魔だろう？　と言ってヴァルターが預かってくれていた剣であった。

「腰に下げておけ」

彼の言葉に従うよう、差し出された剣を私は受け取ろうと試みる。

けれど、受け取る寸前、ぴたりと私の手は硬直した。

——王宮では、剣を下げるべきではないんじゃないか。

そんな意見が過ったからこそ、私は素直に受け取る事を躊躇《ためら》ってしまう。

「……ん？」

今生は、不本意ながらこうしてヴァルターの女官に任命されてしまった。

前世の時ならばまだいい。

あの時は、最後を除いて一人ぼっちだったから。女だからと絡まれる事もあったけれど、一人だったから誰にも迷惑は掛けていなかった。

だから、何かを気にかける必要性も皆無であったけれど、今生は違う。

隣にはヴァルターがいる。

言わずと知れた国王陛下だ。

女が。それも、17の小娘が我が物顔で剣を腰に下げる。

そんなの、イチャモンをつけてくれとこちらから言っているようなものだ。

別に王宮内ならば、危険性は皆無だろう。

ならば、今回のような厄介ごとを避ける上でも剣は側に極力置いておくべきではないだろう。

そう考えた私は——

「心配無用だ」

己の考えを口にしようとしたところで、声が割り込んだ。

まるで、私の心境でも見透かしていたかと思わず勘違いしてしまう程にピッタリと合致した言葉であった。

「お前の考えている事は何となくだが分かった。だからその上で言ってやる。心配無用だと」

受け取る事を躊躇っていた私に対し、鞘に収められた剣をぐぃ、と無理矢理に押し付けられる。

「確かに、実力も何もない人間が騎士として扱われていたならば、誰もが不満を漏らした事だろう。だが、お前はあのライバードと二合であれ、切り結んだ。お前の実力はあの時点で証明された。俺とユリウスがそれを見たんだ。ならば、文句は誰にも言わせんさ」

「…………」

物言わせぬ圧が込められた言葉に思わず、目を剝いてしまう。

「実力があるならば、相応の地位を以て取り立てる。俺の政とはそういうものだ。そうあれかしと願い、そして作り変えた。だから、変な気を回してくれるな」

……ちゃんと、王様をやってるんだ。

不敬にもそんな感想を抱いてしまう。

そして、目の前にいる人物が幼かった少年ではなく、国のトップである国王陛下なのだとまた、分からされてしまった。

だから、なのかもしれない。

どうしてか、小さな寂寥《せきりよう》感に襲われた。

私の知ってるヴァルターはどこまでも、過去のヴァルターでしかないのだと、思い知らされる。

転生したとはいえ、結局のところ、過去の亡霊でしかない私がこうして前を向き続けている彼の下に本当にいて良いのか。

そんな疑問すら湧いた。

「……失礼いたしました」

けれど、おくびにも出さず、私は謝罪する。

そして押し付けられた剣を握り締め、私はそれを腰に下げた。

「ん。やはり、俺の護衛を務める者には剣がなければな」

剣を腰に下げた私の姿を見るや否や、小さく首肯し、ヴァルターは満足気に呟く。

「そうでなければ、俺の護衛とは言えん」

一度として護衛どころか側仕えすら許容していなかったヴァルターであるが、己の護衛は剣士でなければならないという取り決めでもしていたのだろうか。

全くもって意味の分からない基準だ……と、どこか呆れる私の頭上に伸びる影。

それは手であった。

ヴァルターの、手。

「ご苦労だった。それと、疲れているところ悪いが、明日からサテリカに赴く故、可能な限り政務を片しておかなければならなくてな。手伝ってくれるか」

お疲れ様、と。

労うように私の頭を軽く撫でるヴァルター。

てめえそれ、私がちっさい頃のヴァルターによくしてやってた行為じゃねえか。と、すっかり逆転してしまっている身長差を割と本気で恨みながら、そんな事は知る由もない彼に向けて口元を不満気に歪めた。

九話

——陛下の側仕えをしている少女は、あのライバードと互角に切り結んだらしい。

ちらほらと聞こえてくるそんな噂話。

あれから一日経て、隣国——サテリカに赴く当日となった今日。

私の姿を見るや否や口々に語られる噂話。やってくる奇異の視線。

あれを互角と言うには些《いささ》か無理があるんじゃないだろうか。たぶん、ライバードさんもこんな噂話を広められてはお冠だろう。

間違いなく。

「——気にする必要はねえよ」

準備に手間取っているヴァルター。

その私室のドアの前で立って待っていた私の下に投げ掛けられた一つの声。

近づいて来る足音と共に私の鼓膜を揺らした砕けた口調には、聞き覚えがあった。

「……メセルディア卿」

「ユリウスでいい。メセルディアも、卿もいらん」

「では、ユリウス殿、と」

私は彼の言葉に従い、ならばと殿を付けて呼んだのだがそれでもまだ不満であるのか。

悩ましげにポリポリと頭を手でかいていたが、しかし、あえてこれ以上は指摘するつもりはないのか。ユリウスは投げやりに一度、二度と首肯を繰り返した。

「それで何だがな、今、王宮で流行りの噂話に関して気を病む必要は嬢ちゃんにゃねえよ。だから気にすんな」

……顔に出ていたのだろうか。

いや、こうして指摘された以上、出ていたのだろう。

これからは気を付けようと己を戒めてから、彼に対する返事をした。

「……とは言っても、ツヴァイス卿はご納得されてないのでは？」

「……あん？」

「互角に切り結んだ、というのはどう考えても誇張に過ぎます」

あぁ、そういう事かと。

ユリウスは小さく笑う。

それはまるで、その事ならば尚の事、心配無用であると言っているようで。

「そうかねぇ？　俺ぁ、そうは思わねえけどなぁ」

「と、言いますと」

「確かにあれだけ見りゃ、互角とは言い難い。だけどよ、嬢ちゃんも全く本気出してなかっただろう？」

「……そんな事は、ありませんよ」

少しだけ私は言い淀んでしまう。

それは決して図星を指されたからではない。

いや、僅かながらそれも確かに関係してる。

けれど、私がこうして言い淀んでしまった理由は、ユリウスが間違いなく私が本気でなかったと
どうしてか、確信を抱いていたから。

言葉越しにもそれがハッキリと分かってしまったからこそ、上手く取り繕う事が出来ていなかった。

「いいや、俺の過大評価でも何でもねえ。これは正当な評価だ。何より、マナってもんは剣に対して馬鹿みてえに負荷をかける代物だ。模擬剣なんつーナマクラ使っといてヒビ程度で済ませてる時点で加減してた事は一目瞭然だわな」

「…………」

ぐうの音もでない程の正論であった。

「ライバードもそこんところを分かってんだろうよ。現に、こうして噂の火消しをするどころか、放置してやがる。それに、ライバードにとってもこれは良い薬になってくれてる。これで気に病まれるとこっちの立場がねえよ。寧《むし》ろ俺は嬢ちゃんに感謝してぇくらいだってのに」

「……ま、ぁ、ツヴァイス卿が問題ないのであれば私は別に構いませんが」

奇異の視線で見られる事なぞ慣れ切っている。

前世の場合、その殆どが嫌悪の視線であった分、今なんて奇異程度、と鼻で笑えるくらいだ。

「おぉ、そうか。そりゃ助かる。それで、なんだがな。ちょいと嬢ちゃんに頼み事があってな」

「私に、ですか？」

ここはヴァルターの私室の前。

てっきり私はユリウスがヴァルターに用があって此処へ訪れたのだとばかり考えていたのだが、どうにも違ったらしい。

「おうよ。まぁ、これまでの会話から何となくは察しがついてるかもしれねえが、例の噂について相談があってな。もしよければ、当分の間は話を合わせてくれねえか」

「話を合わせる、ですか」

「ああ、勿論、率先して吹聴しろってわけじゃねえ。噂について肯定する必要はねえが、否定もしねえで欲しい。ただそれだけだ」

それはきっと、以前ユリウスが去り際に口にしていたライバードさんが「天才」と周りから呼ばれていた、という言葉が起因しているのだろう。

女と侮り、実力を全く出せなかったとはいえ、不意を突かれて防戦続きとなってしまった。

その事実が彼にとって、今、良い薬となっていると。だから、噂をそのままにしてくれ、という事なのだろう。

「別に構いませんよ」

「おっと、存外あっさりと許可してくれんのな」

「拒否をする理由がありませんから」

ライバードさんと互角に戦った。

じゃあ、俺とも仕合え！　と、人が押し寄せて来るのであればまず間違いなく私は断った事だろう。でも、あくまでも噂だけに留まっている。

もしかすればユリウスが事前に何か通達でもしたのかもしれないが、実害がないのであれば私としては別にどうでも良かった。

「話が分かる嬢ちゃんで助かったぜ。んじゃ、そういう事で頼むわ。あ、それとこれ、迷惑料な。気兼ねなく受け取ってくれや」

そう言って差し出されたのはユリウスが手にしていた布に包まれた細長のナニカ。

「ヴァル坊が嬢ちゃんに渡した剣もそれなりに頑丈なんだがな、マナを扱うとあっちゃアレでも心許ねえだろ。嬢ちゃんは貰った剣が折れちまうと罪悪感に殺されでもしそうな性格のようだし、マナ使うときゃ、そっちの剣を使っときな」

まるで事前に用意していたかのような準備の良さである。何より、満足にマナを耐えられる剣など、ちょっとやそっとの事で用意出来るようなものではない。

「うちの祖父《じい》さんもマナを使える人だったらしくな、その名残なのか、置物としてそれが飾られてたんだが、剣は鑑賞するもんでもねえ。必要としてるヤツが使って、振るってやるべきだ。嬢ちゃんもそう思うだろ？」

私は布を捲《めく》り、慌てて中の物を確認。

そこには見覚えのある剣があった。

私がメセルディア侯爵家の人間であった頃にも何度かこの剣を目にした事があった。だからこそ、この剣の存在を知っている。

無銘の剣。

なれど、名剣である事は一目瞭然であった。

何より、これはメセルディア侯爵家が家宝として扱っていたものである。

だからこそ、私は受け取れませんとユリウスに返そうとした。

しかし、その時既にユリウスは踵を返し、私に背を向けてその場から遠ざかっていた。

それはまるで、返品は受け付けねえとばかりに。

「嬢ちゃんはヴァル坊の護衛でもある。守ってる最中に剣が折れでもしたら一大事じゃねえか。別にその剣は特別価値あるもんでもねえし気にすんな」

彼がいくらそう言おうとも、本来の価値を私は知ってしまっている為、とてもじゃないが受け取れなかった。

なのに、ユリウスは私のその行為をどこまでも拒む。そして気付けば、彼との距離はもう随分と遠く離れていた。

「――ったく、剣の技量はライバード並。マナも扱える上、あの無骨なだけの剣に価値をつけるたあ、嬢ちゃんはアメリアかよ」

どうしてそこで前世の私の名前が出て来るんだよと。辛うじて聞こえた言葉に言い返してやりたい気持ちでいっぱいだったが、アメリア・メセルディアとフローラ・ウェイベイアを私自身が切り離して考えている。

だから、言い返す事はあえてしなかった。

十話

「ユリウスの奴が受け取れと言ったのだろう？　渡された物を受け取った事に何の問題がある。気兼ねなく使ってやれ」

ガタン、ガタン、と音を立てて私達の世界が揺れる。

馬車の中。

ゆっくりと移り変わる景色を時折眺めながらも、物憂げにユリウスから半ば強制的に渡されていた無銘の剣へ視線を落とす私を見て、ヴァルターは呆れ気味にそう言った。

そんな彼の表情は不満げに未だ歪められている。

本来、ヴァルターはサテリカへ向かう際、馬に乗って向かう予定だったらしい。

それも、一騎がけである。

流石にそれはダメだろうと私がヴァルターを説得し、馬車を手配してくれとハーメリアに頼み込んで今に至るというわけなのだが……。

どうにも、御者だろうとヴァルターは自分の側に他人がいる事が不満らしい。

……どうして私は良いんだよと、本気で疑問に思った事は秘密である。

「そういうもの、ですかね」

もしかすれば。

ヴァルターに相談でもすればユリウスに返してくれるのでは。

そんな希望的観測が私の中になかったとは言わないが、向けられたこの言葉を耳にする限り、その希望は儚《はかな》く散ったと見ていいだろう。

思わず深いため息が出た。

「……そういえば、陛下はどうして私なんかに目をかけてるのですか」

ふとした疑問。

ヴァルターとミシェル公爵閣下との会話にて、私がヴァルターの知り合いに似ているから。という理由で側仕えに指名されたのだと耳にしていた。けれど、似ているだけでここまで厚遇されるものだろうか。

しかし、フローラ・ウェイベイアとして彼と出会ったのは間違いなくあのパーティーが初めての出会いである。

「お前がお前であるからだ。理由なんてもの、これ以外にあるものか」

ざっくばらんに話される。

しかし、全くもって意味が分からない。

「とはいえ、これに関しては特別急ぐ必要もないだろうさ」

「……どうしてですか？」

「いずれ分かるからだ」

即答。

そうなる未来を信じて疑っていないのか。

ヴァルターの表情は一変して自信に満ち満ちていた。

「だから、急ぐ必要はない。この距離感も存外悪くはないしな」

だからどういう事なんだよと。

訳知り顔で言葉を並べ立てるヴァルターに向かって不満をぶつけようとした私であったが、

「……そうですか」

言いたくないのならもういいです。とばかりに会話を断ち切った。

そうした理由は、どうしてか藪蛇になってしまうような、そんな気がしたから。

最近、こんな事多いなと思いながらも私は己の勘を信じる事にした。

「ん」

ふと、思う。

私の側には今、ユリウスから受け取っていた無銘の剣。加えてヴァルターから賜っていた剣。

あわせて二振りの剣がある。

どちらも大切な物なので自ずとサテリカでは腰に下げて持ち歩く事になるだろう。

しかし、そこで漸く気づく。

今の私の状態に。

二振りの名剣を贅沢にも腰に下げ、国王陛下の側仕えをしている女騎士。

属性てんこ盛り過ぎないだろうか。

もしかしてびっくり箱か何かだろうか？

自分の事ながら頭が痛くなった。

「うぇ……失敗したかも……」

「どうかしたか？」

「い、いいえ、何でもありません。お気になさらず！」

変な声を出していた私を心配してか、ヴァルターが声を掛けてくれていたのだが、慌てて私は取り繕う。

これでは目をつけてくれと言っているようなものじゃないかと。

実家が大貴族で、無理矢理に国王陛下の側仕えへとねじ込んで貰った挙句、過保護な両親が名剣を二振り持たせた。

何も知らない他者が今の私の姿を目にしたならば、思い浮かぶ筋書きはこんなところだろうか。

全く、嫌な金持ち貴族である。

……他でもない私の事なんだけれども。

「……さっさと観念してこっちだけ持ってくれれば良かった」

ぼそりとひとりごちる。

元々、馬車の中でヴァルターに相談し、ユリウスに返却してくれる、という事で話が纏まればヴァルターから賜った剣を。

それが無理ならばユリウスから受け取った剣を使おうと考えていた。

しかし、やはりメセルディアの人間でもない者がメセルディアの家宝を扱うのは如何なものなのかと私は最後まで納得出来ず、こうして二振りの剣を持ってきていたのだが、

「……ぅぁー、失敗した……」

どうしてか、このタイミングで思い出してしまった忌々しい過去。

確かサテリカといえば。

アメリア・メセルディアであった頃の私が確か14の時だっただろうか。

当時の当主である私の父の勧めもあって父と共にサテリカに赴く機会があった。

その際に、

『スェベリア王国はどうにも女児にまで剣を振らせるようだ!! 余程の人材不足と見える!!! こんな脆弱な国が我が国の友好国だと!? あぁっ、おいたわしや……』

などと鼻につく言葉をほざく私と同世代の貴族がいたものだから、私も負けじと挑発し、決闘にまで持ち込み、5回くらいボコボコのズタズタのけちょんけちょんに叩きのめしてやった過去が蘇る。

あまりに手応えがなかったものだから今の今まで記憶から消えていたが、そうだった。

サテリカはそういうヤツがいる国だった。

……面倒事は、間違いなく起こるだろうなぁ。

と、最早、諦めの境地に足を踏み入れながらも今だけはとばかりに窓越しの景色を私は堪能する事にした。

うん。現実逃避って素晴らしい。

＊　＊　＊　＊　＊

馬車を走らせる事数日。

目的地であったサテリカ、その中心部に位置する王宮の一室にて。

厳かな空気の中、会談が行われていた。

「──それで、何がお気に召しませんでしたかな」

強《したた》かな老獪。

ヴァルターに向かってそう発言をした初老の男性に対し、私はそんな印象をまず初めに抱いた。

心の中で思っただけなのにどうしてか、ギロリと睨まれたけれど、きっと私が女だったからだろう。全く、世知辛い世の中である。

「カレア王女殿下は可憐であって、それでいて聡明なお方だ。妃にと迎えるのであればこれ以上ないお方でしょう」

らしくない美辞麗句を並べる男は言わずと知れたスェベリア王国現国王、ヴァルター・ヴィア・スェベリアである。

普段の彼を知っている私の耳にその言葉はこれ以上なく安っぽく聞こえてしまう。

全く、不思議な事もあったものだ。

「では何故、ヴァルター殿は今回の縁談をお断りになられるのですかな？　聞く限り、どこにも断る理由はないように思えるが……」

「……それ、は」

言い淀むヴァルター。

しかし、これは決して、理由に困ったからではない。ただの演出である。

お前も話を合わせろと事前にヴァルターと打ち合わせをさせられた為、私は知っている。これは、演技であると。

「それは？」

「それは、私の側が危険であるからです」

「……危険、と」

ヴァルターの予定では、のらりくらりと上手い事縁談を躱《かわ》し、最悪でも引き延ばしを図る事で縁談を纏められる前にさっさと退位してやろうというハラらしい。

たとえどれだけ器量の良い姫であろうと、ヴァルターは拒絶の意思を曲げる気はないようだ。

勿論、その理由を私には伝えられていない。

「ディラン殿は私がどうやって王位に就いたか。ご存じなかったでしょうか」

ヴァルターと向かい合う初老の男性――ディラン・フィル・サテリカに対し、そう問いかけるも、男はその質問に首を横に振った。

「知っていますとも。己に敵対していた兄を含む親族、大貴族を例外なく、斬刑に処した苛烈な若き俊才。なれど、その反面、幼子に罪はないとして温情をみせ、成人を迎えると共に家を興させているとか何とか」

「……それなりに脚色が入り混じっているようにも思えましたが、ええ。大方、その通りです」

「国も随分と日々、発展に向かわれておられる。治安も良いと聞く。スェベリアでない他国に娘を嫁がせるより、よっぽど危険がないように思えるが、如何か」

二人の会話を鵜呑みにするならば、ヴァルターは随分と優良物件のように思える。

というか、事実、優良物件なのだろう。

性格がちょっとひん曲がってる気もしなくもないが、王は一癖、二癖あるような者ばかり。

この程度は許容範囲内なのだろう。

気立ての良い王女様であるのならばいっそ、娶《めと》っちゃえば良いのにと私は思うのだけれど、ヴァルターは違うらしい。

馬車の中でそれを言ったら本気で睨まれたのでもう二度と言わないでおこうと心の中で誓った記憶はまだ新しい。

「ええ。ディラン殿の仰る通りであると存じます。ですがそれは、私の側でなければ、という条件付きですがね」

「……ふむ」

「ご存知の通り、私は王位に就く際に多くの人間を斬刑に処しました。国の中に潜む膿を出す為、必要不可欠な行為であったと、今も後悔はしておりません。ですが、そのせいで多くの人間に今も尚、恨まれている」

ヴァルターが処した大貴族との付き合いがあった商人。遠い縁者。

例を挙げればキリがない程にいると彼は言う。

「私が側に人を置かない理由がそれです。私のせいで臣下が巻き込まれるのは忍びない」

――そもそもどうして、信の置けない人間を己の側に置かねばならんのだ？

真顔で。当たり前のように。呆れながら。

そう言い放った男と本当に同一人物なのだろうかと思わず疑ってしまった私はきっと悪くない。

目を伏せて悲しげに言葉を述べるその表情はひどく同情を誘うものであった。

成る程。ヴァルター殿が側に人を置かなかった理由はそれ故であったのかと。ディランさんの護衛役として控えていた騎士達までもうんうんと頷いていた。

けれど、私だけは演技と知っていたからだろう。他国の王の前で堂々と嘘を並べるヴァルターを見て素直にすげぇと思ってしまった。ああは絶対になりたくはなかったけれど、凄いと私は本心から思った。

しかし。

だがしかし、ここで疑問が生じてしまう。

己の不始末のせいで臣下を巻き込みたくない。

だからこそ、姫を娶るどころか側仕えの一人すらも置きたくない。

そのせいで王が死んでしまったらどうするんだと言う話ではあるのだが、王が現に死んでいない以上、現時点においては美談として十分に聞ける話である。

だが。

ではどうして、私という存在がヴァルターの側にいるのか。という問題にぶち当たる。

案の定、ディランさんを始めとしたサテリカの騎士達もそう思ったのか一斉に私に視線が向いた。

何でお前がいるんだよ、みたいな。

「……成る程。大方の話は分かりました。しかし、その場合であるとどうにも疑問が一つ、残ってしまう。……ところで、そこの者はヴァルター殿にとって一体どういう人間なのでしょうや？」

疑念と、嫌悪が混ざり合った視線が次々と私に向けられる。

しかし、ディランさんに俊才とまで呼ばれていたヴァルターの事だ。きっとこうなる未来も読んでいたに違いない。

話を合わせろ。お前はただ俺の言葉に頷いていれば良い。馬車の中で交わした彼の言葉を私は信じる事にした。

「私の護衛ですが？」

「ほうほう、ヴァルター殿の護衛であられたか」

成る程。

確かに私はヴァルターの護衛としてやって来たからね。うんうん、それが正解だね。

全くもって意味分かんないけどね。

……私は頭痛に見舞われていた。

「……聞き間違いですかな？　我《わたし》の耳には護衛と、そう聞こえたのだが」

「間違っていません。確かに、側に臣下を置く事は忍びないと、そう申し上げました。しかし、物事には何事にも例外が存在する。先程は言葉足らずでしたがつまり、私のせいで臣下が傷ついてしまう事が忍びないのです。強ければ私の側に置こうとも何も問題はありません」

「……ふむ」

「ですが、私が側に置いても良いと思えた人間はわずか二人。騎士団長を務めるユリウス・メセルディア。そして、次期騎士団長と噂されるライバード・ツヴァイスの二人のみです。しかし彼らは騎士団に必要不可欠な人間だ。ですので、今まで私は側仕えを一人として必要として来なかった」

……待って。

ライバードさんってユリウスと肩並べるくらい強い人だったの!?　え、ちょ、初耳なんだけど。

次期騎士団長とか知らないんだけど。ねぇ、ねえ!!

と、パニックに陥る私をよそに、話は先へ先へと進んでいく。

「そんな折、一人の女性が現れた。その者は驚く事にあのライバード・ツヴァイスと互角に切り結んだ。故に、私はこうして初めて己の側仕えにと望んだ。改善を試みてはいるものの、未だ深く男尊女卑が染み付いた騎士団にて腐らせるより、私の側仕えをして貰う方がずっと有意義であると私が判断したからこそ、こうして仕えて貰っています」

びっくりするくらい嘘だらけの発言である。

よくもまあ、こうも己に都合よく言葉を並べられたものだと最早感嘆の域だ。

「成る程。つまりその者は、あの天才と称されたライバード・ツヴァイスと遜色のない力量である、と」

ライバードさん超有名人じゃんと私は一人、驚愕していた。

他国の王までもその名を知っているとは、相当にやばい人だったのかと今更ながら再認識。

「……縁談とは全く話は異なってしまうが、女ながらにそこまでの力量を持っているのであるならば、興味を唆《そそ》られてしまいますなあ」

ヴァルターの言葉を全く信じていないのだろう。言い放たれたその口調は、嘲りが込められていた。そんな事はありえない。出まかせであるとディランさんが思っているであろう事は一目瞭然。

そして実際に１００％嘘で塗り固められているので私としても全くと言って良い程に苛立たなかった。だって嘘だもの。

「ディラン殿がどうしてもと仰るのであれば、条件付きで彼女の実力を見せる事も吝《やぶさ》かではありません」

「条件、と」

「ええ。私の側にいるのであれば、最低でもこの程度の実力者であって欲しい。縁談をああいった理由でお断りさせて頂く以上、これは良い機会でもあります。ですが、私の側仕えをしてくれている彼女に対し、私としても可能な限り報いてやりたいのです」

「成る程、確かにそれが道理でありますな。上の者が下の者に報いてやるのは当然の義務。して、その条件とは？」

「簡単な話です。彼女がこの場にて実力を証明したならば、今後一切、そういった視線を向けないで頂きたい」

「……話が見えてこないのだが」

「女であるからと嘲るその視線を、彼女には向けるなと臣下の方々に厳命して頂きたいのです」

「……成る程。どうにもヴァルター殿はその者を随分と可愛がられているようだ」

ディランさんは流し目で私の事を注視しながら、そう口にする。

「ええ。スェ《う》ベリ《ち》アは実力主義ですから。力があるのであれば女であろうと取り立てる。それが私の方針です」

「それはそれは、誠に素晴らしい事ですなあ。ふむ、分かりました。それでは、ヴァルター殿の仰っていた条件を此方は呑みましょうぞ」

いや、待って。

勝手に当事者にさせられた私は一言も良いとは言ってないんだけれど。という私の心境を無視し、ディランさんは「ですが、」と強く言葉を強調しながら言葉を続けた。

「ヴァルター殿の言葉を疑うわけではありませんがもし、その者の実力が偽りであった時、どうなさるおつもりでしょうや」

「万が一にもありません。ですが、もしそんな事にもなれば、私はディラン殿に虚偽の事実を申してしまったという事になってしまう。その時は勿論、相応の対応をさせて頂きますとも」

「ふむ。であるならば此方はもう何も申しますまい。それでは、一時間後にまた此処へお越し下され。満足に実力を出し切れる場所と、相手を用意しておきましょうぞ」

＊　＊　＊　＊　＊

「……あの、馬鹿なんですか?」

ところ変わって、王宮に位置する客間の一室。

疲れたと言わんばかりに踏ん反り返るヴァルターに向かって不敬過ぎる言葉を叩き付けていた。

「……あの狸爺、しつこ過ぎるんだ。天然資源や、次世代の人材発掘。日々、目に見えて発展していくスェベリアの利権に一枚嚙みたいんだろうな。縁談、縁談、縁談ってもうおかしくなりそうだ」

「だからって、こんなやり方を取らなくとも、陛下がどこかの御令嬢でも娶れば済んだ話じゃありませんか」

わざわざこんな面倒臭い理由付けをした挙句、博打でしかない方法を取るよりソレはよっぽど現実的な筈だ。

「ほぉ、まぁ別にお前が良いと言うのであれば俺はそれでも構わんが……王という地位もロクでもないが妃は妃でロクでもないぞ?」

「……どういう意味ですか」

「お前の提案ではないか」

「……もういいです」

呆れる私をよそに、ヴァルターはけらけらと面白おかしそうに笑っている。

私を揶揄《からか》う事がそんなに楽しいか！

この性悪クソガキめ。

「でも真面目な話、どうして陛下はあんな条件を相手側に突き付けたんですか」

「あんな条件？」

「女だからと嘲るな云々のヤツですよ」

「ああ、それはあれだ。お前に面倒事をこうして押し付けてしまっている手前、褒美が何もなし、ではやる気も出ないだろう？　馬の目の前に人参をぶら下げるようなものだ。気にするな」

……その割に、あの発言の時ばかりは随分と感情が込められていたような気がしたのだけれど私の気のせいだったのだろうか。

そんな疑問が浮かび上がる。

「……やる気だけではどうにもならない事だって世の中にはあるんですよ」

どうしてあんな安請け合いをしたのだろうか。

そもそも、ヴァルターは私の剣の技量は全く知らないだろうに、どうしてこんなにも信用しているのか。ほとほと理解に苦しむ。

「そうだな。女だからと躍起になってる連中を是非とも、やる気だけではどうにもならないとぶちのめしてやってきてくれ」

「ですから……」

そうじゃなくてと言おうとして。

次の瞬間、

「お前は、嫌ではないのか？」

予想外の言葉が私の鼓膜を揺らした。

「手を見れば分かる。それは女の手ではない。剣士の手だ。どんな想いで振るってたのかは知らん。だが、少なからず剣に思い入れはあるのだろう？　だというのに、何も知らない連中が女だからと大半の奴らはお前を馬鹿にする。嘲る。蔑む。腹は立たないのか？」

「全くない、といえば嘘になります。ですが、それとこれとは話が別でしょう」

「そうか？　俺は縁談を白紙に出来る代わり、お前は鬱陶しい視線を向けられなくなる。お互いに利があると俺は思ったんだがな」

「……前提条件がそもそも成り立っていません。陛下の期待に応えられる程、私は強い人間ではありませんので」

私がそう口にすると、どうしてか、やはりなと言わんばかりに腹を抱えて笑い出した。

「お前はもう少し、他者から己がどう見られているのか、それを考えた方がいい。謙遜も行き過ぎると嫌味に聞こえるぞ」

……だから、そもそも私はヴァルターにちっとも実力を見せてないのに、その自信と信頼はどっからくるんだよと。

私は散々言ったからな。ヴァルターが今回の件で尻拭いする羽目になっても知らないからなと心の中で悪態を吐きながら私はもう何を言っても無駄かと閉口する事にした。

＊　＊　＊　＊　＊

「時に、団長」

「んぁ？」

「……陛下はどっから見つけて来たんですか、あんな化け物を」

「というと？」

「……フローラ・ウェイベイアの事ですよ」

「あぁ～、あの嬢ちゃんねえ」

フローラとヴァルターがいなくなった王宮にて、世にも珍しい女騎士然とした身格好で普段過ごしていたフローラの事を男――ライバード・ツヴァイスはユリウス・メセルディアに尋ねていた。

「……剣の技量は兎も角、あのマナの量。あれは僕ですらドン引きするレベルです」

そう言うライバードの手には一振りの剣が握られていた。それは、先日の仕合の際にフローラが使っていた模擬剣である。勿論、あの時付いてしまったヒビは未だ変わりない。

しかし、ヒビ割れた部分から塗装のようなものが剝がれ、青白い光沢が顔を覗かせている。

「だよなぁ。まぁ安心しろ。俺もドン引きしてっから。ついでに言えばあの日の為だけにマナに対し、比較的耐久性のあるミスリルを使用した剣を一流の職人に頼んでただの鉄の模擬剣に偽装してたヴァル坊に対しても俺はドン引きしてるぜ」

全てがヴァルターの計画通りであったと知らされたのは全てが終わった後の事。

「ヴァル坊曰く、あの嬢ちゃんは俺の妹の生まれ変わりらしいんだが、まああのマナの量を見ちまってはそう思うのも分からなくはねえ。ミスリルを手加減して尚、折っちまうってまじで頭おかしいよな……ほんっと、アメリアみてぇなヤツだ」

「妹、というとメセルディアの鬼才、アメリア・メセルディアですか」

「おうよ。頭おかしいくらい強いのに、時世が時世だからか、馬鹿みてえに謙虚だったんだこれが。で、その謙虚さがまた悪辣《あくらつ》でなぁ」

実際にその身でアメリアと対峙した経験のあるユリウスだからこそ、その事実を正しく認識していた。

「謙虚過ぎる故に、強者のオーラが全く感じられねえんだ。剣士ってもんは相手と対峙すりゃ技量の高いヤツなら大体、こんくらいの強さだろうなって相手の力量を察する事が出来る。けれど、アメリアからはそれが全く感じ取れなくてな。そのせいで初見だと誰もが勘違いをすんだ。で、誰もが返り討ちにあうんだ。まじで詐欺だぜあれは」

「道理で……」

「そのせいもあって相手は毎度の如くアメリアをナメてかかっちまう。そのせいでアメリアは自分が女だからと手加減されてると誤認する。その繰り返しなんだわ。だからアイツは最後まで謙虚だった。謙虚な天才程怖えもんはねえよ」

そして、彼らは今、話題の渦中となっていたアメリアの生まれ変わりと疑われているフローラがいるであろう隣国――サテリカに想いを馳せた。

ヴァルター曰く、フローラの実力を己の縁談を白紙にする為に使うらしい。

そう、二人には既に伝えられていた。

だからこそ、

「ま、どこの誰かは知らねえが、ご愁傷様としか言いようがねえな。今はまだ、勘が鈍ってるだろうし俺でも何とか太刀打ち出来るかもしんねえが、剣士としての勘を取り戻しちまったらたとえ俺とお前の二人掛かりであっても手に負えねえだろうよ」

「……そこまでですか」

「そりゃあメセルディア《うち》の家宝もあげちまったし、鬼に金棒状態のアメリアに勝てるかよー！」

「……それ、団長のせいじゃないですか」

「うっせ。別にいいだろ。味方同士なんだからよ」

「ま、あ、そうなんですけどね。にしても、陛下は何を考えてらっしゃるのだか」

全くもって分からない。

そう言わんばかりにライバードは表情を歪めていた。

「これまで陛下は縁談に対して体調が優れないだ、不穏分子が何だかんだと理由をつけて先延ばしにしていたじゃないですか」

「そうだなぁ」

「どうして、あの少女が来た途端、赴こうと思ったんでしょう」

――簡単な話だ。そうした方が都合が良いからだ。アメリアや、当時の俺のようなヤツが苦しまないで済む、暮らしやすい国をつくりたい。そう願う俺にとって、どこまでも都合が良いからだ。

「……さぁてな。俺も知らねえよ。気になるんなら、それは直接ヴァル坊に聞いてみな」

未だ耳に残るヴァルターの声を堪能しながら、ユリウスは抜け抜けとそう宣った。

十一話

「どうしてこうなっちゃうかなあ」

ぶん、ぶんっ。

手の感触。刃渡り。感覚。マナに対する強度。

手探りにユリウスから半ば無理矢理渡されていた剣の具合を確かめていく。

「というか、何考えてんだか。あの国王様は」

ぶん、ぶんっ、ぶんっ。

そして手を止める。

んー……と、悩ましげなくぐもった声を出しながら、私は考え込む事にした。

「どうしてかは知らないけど……つまりあれか。ヴァルターはどうにかして私に剣を振るわせたいのかな……でも、そうする理由が分からないんだよねえ」

この場に、私を揶揄って遊んでた諸悪の元凶は不在。故に気兼ねなくヴァルターと呼び捨てる。

ヴァルター提案の力試しからはどうやっても逃れられそうになかったので割り切って私は剣を振るう事にしていたのだ。

剣を振れる場所はあるかと部屋の外で待機していたメイドに問い、案内されたのがここ――小さな庭園のような場所。

人目もなく、随分と心地の良い場所であった。

「そもそも、何であんな無条件に私を信用してるのかが分かんない」

私を悩ませる一番の疑問がソレである。

「私がアメリアだった事を知ってるのだとすれば……百歩譲って分からなくもない」

ただ、当時の私ですらあまり実力が上位の方ではなかったので、今回のようにこれ見よがしにひけらかそうとされると私がとっても困る事には違いないのだが、それでもまだ納得は出来る。

しかし。

「でも……、うん。ないな。ないない。それは絶っ対、有り得ない」

17年前に死んだ騎士がひょんな事あって二度目の生を受け、別の人間として転生を果たしていた。

ゴシップにしてももう少し現実味のある話を作れる事だろう。

ましてや、あのヴァルターである。

すっかり性悪に育ってしまった彼が、そんな与太話を思い付いた上で信じ込む。

そんな馬鹿な話があるものかと。

性悪である事は全く関係ないのだが、それだけはあり得ないなとかぶりを振り、私は思い付いた選択肢の中から真っ先に切り捨てる。

「と、すれば……残る可能性は身内ぐらい、かな」

脳裏に浮かぶ父親、そして数人の使用人の姿。

「剣を振るって鍛錬に励んでた事を誰かがヴァルターにチクって……」

チクられていないと。私としてはそう言い切ってしまいたかった。

しかしどうしてか、私の口からは歯切れの悪い言葉しか出てこない。

その理由はきっと……アレだ。

「まって、よ。……まさか、間違ってマナを込めちゃってお父様が大切に育てていた木を折っちゃったアレの腹いせ……？　いやいやいや、アレはちゃんと知らないフリを通せた筈だし10年も前の話」

何だかんだと私に残されていたのは剣、ただ一つであった。だから、転生して尚、私は剣を振おうと思った。それが確か7つの時。

間違ってマナまで込めちゃって小規模の災害でも巻き起こったかのような惨事を引き起こしてしまったが山から魔物が降りてきたのだろう。という事で事は収束していた筈だ。

「あー……、何か頭が痛くなってきたや」

気になりはするものの最早、ヴァルターが私に寄せる謎の信頼に関しては今更何を言っても手遅れでしかないだろう。

故に、私は割り切る事にした。

「にしても、ヴァルターの護衛だからかな、変に絡まれないしそこだけは気が楽でいいね」

——覚えていろ……っ!!　アメリア・メセルディアァァア!!!　この屈辱、一生涯忘れんぞ……っ。

このトリ＊＊＊＊侯爵家が嫡男。＊＊＊＊・トリ＊＊＊＊に恥を掻《か》かせた事、末代まで後悔させてやる……ッ!!!

それはいつぞやの私がけちょんけちょんに叩きのめした男が吐いた捨て台詞。興味が絶望的なまでになかったからだろう。名前の部分が全く思い出せない。

確か……、トリクラウゾ《食らうぞ》侯爵家？　いや、トリクラウデ《食らうで》侯爵家？　何か違うような……、トリタベルゾ《食べるぞ》侯爵家？　……うむむむ。

確か美味しそうな名前だったような気がする事だけは覚えているんだけど、そこから先が全く思い出せなかった。

「あの、えっと……あのワカメ頭お坊ちゃんなんて名前だったかな……」

爵位だけはきちんと覚えている。

なにせ、こんなヤツが僕と同じ侯爵家の人間だとォッ!?　などと、散々に馬鹿にされた過去がある。

名前はすっかり抜け落ちてるけど。

そんな折。

足音が聞こえてきた。

私のいる庭園に向かっているのだろうか。

その音は徐々に大きくなっていく。

そして共に聞こえてくる話し声。

どこか既視感のある小憎たらしい話し口調。

これは……どこで聞いたんだったかな、と頭を悩ませる私をよそに、やって来る声。

それから数十秒もの時間を経て。

縮まる連中と私の距離。

そして私の姿を見るや否や、放たれた嘲弄《ちょうろう》のような言葉。

それは私に対し、向けられていた。

「む？　むむむむ？　その紋章。その騎士服はまさにスェベリア王国のものではないか。いやは や、女騎士がいると聞いて飛んできてみれば本当に女が剣を手にしている。スェベリア王国はどうにも女にまで剣を振らせるようだ!!　余程の人材不足と見える!!!　こんな脆弱な国が我が国の友好国だと!?　あぁっ、おいたわしや……」

どっかで聞いたような腹立つセリフが私の鼓膜を揺らした。けれど考え事をする私の頭の中にその言葉は全く入ってこない。

そう、確かこんな声でこんな話し口調で今しがた私の眼前に映る見るからに鬱陶しいワカメ頭がトレードマークのこんな男だった。

確か名前は……、そう！

「あ！　トリクラウヨ《食らうよ》侯爵家!!」

「トリクラウド侯爵家だ!!!」

びしっ!!

と、人差し指で記憶に残る17年前と似たり寄ったりな面貌の青年に向けて、私は自信満々に指差す。が、どうにも違ったらしい。

紛らわしいんだよ、その名前。

「な、何なんだこの不敬極まりない女は……」

惜しかったなぁ、などと考えながら悪びれる事なくポリポリと頭を掻く私に対し、信じられないとばかりに男は驚愕に声を震わせる。

トリクラウド侯爵家。

言われてもみれば確かにそれが不思議と一番しっくりとくる。

別に私自身、記憶力が特別悪い方ではないと思うんだけど、いかんせん、興味がないとさっぱり覚えられない。

そんな折。私はふと疑問に思う。

どうしてか当たり前のようにこうしてトリクラウド侯爵家の名前が口を衝いて出てきたわけなのだが、私の目の前で口を尖らせているのは今の私と同世代の青年である。

私がボコボコに叩きのめした男は生きているならば今はもう40程度のオッサンな筈である。

若作りをいかに頑張っていたとしても流石にこれは無理があるだろう。

はてさて、私の目の前にいるこの青年は一体誰なのだろうか。

「……どちら様ですか?」

「つい先程お前が口にしていたではないか！　トリクラウド侯爵家と!!　揶揄っているのか……?

不敬にも程があるぞ貴様……!!　冗談はその身なりだけにしろッ!!」

容赦なく叫び散らされる怒声。

じんじんと響くその声に、私は思わず顔を顰《しか》め、後ずさる。

「……あー、それもそうでしたね。失礼いたしました。トリクラウド卿」

前世の記憶が混じり込んでるからこう、物事がややこしくなってしまう。

しかし一度家名を口にしてしまった手前、何事もなかったかのように今更取り繕おうとも手遅れ。

故に、私は知っていた体で話を合わせる事にした。

「それで——何用でしょうか?」

彼は言った。

——女騎士がいると聞いて飛んできてみれば、と。ならばハナから私が目的であったのだろう。

しかし、今回はヴァルター付きの側仕え兼護衛。アメリア・メセルディアとしてサテリカを訪れた時とは話が違う。

どれだけ不満を持たれようとも、どれだけ馬鹿な貴族だろうと誰しもが一歩引いて事を考えるだろう。その上で、私の下に彼が訪れたのだとすると……一体、何の用だろうか、と。

「……一度しか言わん。スェベリア王を連れて貴様諸共とっとと祖国へ帰れ」

「どうしてですか?」

「クライグ殿のお手を煩わせるまでもなく、結果が見え透いているからだ。大方、勝てないと分かった上で貴様を連れて来たのだろう?　女が相手であったともなれば醜聞も幾分か広めやすい。

「……貴様が剣士の真似事をするのは構わんがな、それはスェベリアの中でのみに留めろ。女の身で我が物顔で剣を振るい、剰《あまつさ》えクライグ殿の前に立つだと？　侮辱にも程がある!!」

クライグ殿。

会話の中で唯一出てきた人の名前であるが、他国どころか自国にすらあまり興味を抱いていなかった弊害か。その名は寡聞にして知らないが、トリクラウドさんの言い方から察するに随分と偉い方なのだろう。

しかし、私の心境は変わらず穏やか。

言わずもがな、そう言った物言いに悲しきかな、慣れているからだ。

「確かに、私が力試しをされる程の者かと問われれば……首を傾けざるを得ません。ですが、今回の件について私に決定権はありません。どうぞ、トリクラウド卿自身でヴァルター国王陛下にお申し付け下さい」

「……それが出来ないから貴様のところにわざわざ来たのだろうが」

そもそも今回の一件は私が決めた事ではない。

むしろ私は被害者と言っていいくらいだ。

だから文句があるのならヴァルターに言いに行けと言ってやるとどうしてか、トリクラウドさんは苦虫を噛み潰したような表情を向けてくる。

ヴァルターに直接言う度胸はないからか。

はたまた、面倒ごとに発展してしまうかもしれないからと尻込みをしたのか。

何はともあれ、いい迷惑である。

「でしたら尚更、お分かりになって頂けている筈かと存じますが、私もトリクラウド卿と同じ立場にあります。ただのいち臣下でしかない私が陛下の決定をどうして覆せましょうか？」

覆す覆さないは兎も角、言うだけであれば出来そうな気もしなくもなかったがあえてそれを口にする必要はないだろう。

「…………っ」

減らず口を、と言わんばかりにぎり、とトリクラウドさんは下唇を強く噛み締めていた。

こちとら女騎士だからって事で何回因縁付けられてきたと思ってんだ。なめすぎなんだよ。

「ヴァルター国王陛下がいらっしゃる場所が分からないのでしたら、折角ですし私がご案内致しますが？」

これでチェックメイト。

さっさと私の前からいなくなってくれワカメ頭くん。と心の中で勝ち誇りながら私は言う。

やはり、国王陛下の盾は偉大すぎる。

以前までならば決定打となり得る一言がなかったが為に口論——そして決闘。

という流れに幾度となく発展してしまっていたのだが、ヴァルターという手札を持っているだけで向こうは勝手に黙り込んでくれるのだ。

「……ならば、仕方あるまい」

言葉からは諦念の色が見て取れた。

流石のトリクラウドさんもヴァルターを引き合いに出されてはこれ以上何も言えないと判断したのだろう――と、思っていたのだが。

何故か聞こえてくる鉄の音。

それは彼が腰に下げていた剣が抜かれた事により生まれた音であった。

…………は？

「聞けば、仕合の件についてはサテリカについて間もなく決まった事だと伺っている。剣を振るっていたのもそれ故だろう？」

ここで〝スェベリアを発つ直前にユリウスから貰った剣の具合を確かめている〟などとほざこうものならば、今より更に厄介な事になりそうな予感しかなかったのでその言葉に私は苦笑いし、茶を濁す。

そして上手い事、トリクラウドさんはそれが肯定の意であると勘違い。

ああ、そうだろうな。と鷹揚に頷いていた。

「折角だ。この僕、由緒正しきトリクラウド侯爵家が嫡男、ボルドー・トリクラウドが貴様の相手をしてやろうではないか！　なに、心配はいらん。トリクラウド侯爵家の家訓に、たとえ相手が女であれ、目の前に立ちはだかったならば、けちょんけちょんのボコボコにしてやれというものがある！　特に、四文字の名前のやつには遠慮はいらんと父上からも厳命されている！」

ボルドー・トリクラウド。

どこかで聞き覚えあったかなと頭を悩ませるも、心当たりはない。

恐らく、私が昔けちょんけちょんに叩きのめした者の親類か何かだろう。もしかして息子だったりして？

にしても、無茶苦茶な家訓である。

後半の方なんて私怨丸出しだ。

恥ずかしくはないのだろうか。

「偶然にも、貴様の名前も四文字だ。なぁ？　フローラ・ウェイベイアぁ？」

何でこの人私の名前知ってんの？

と、一瞬思ったがそう言えば私をこの庭園に案内してくれたメイドに名乗っていたんだったと思い出す。

場所に留まらず名前まで聞き出したらしい。

「と、いうわけだ。なぁに、これはあくまでクライグ殿の前で貴様が醜態を晒さないで済むようにと思った僕の気遣いだ。遠慮はいらん。さぁ――」

まだまだ何か言いたそうにしていたけど、聞く事すら面倒臭くなって来たので私はそこで遮るように右の掌を突き出す。

「遠慮いたします」

そして――私はいらん、と突っぱねた。

「な、何故だ……!!」

まさか断られるとはこれっぽっちも思っていなかったのか。

心底驚いたような表情を見せるトリクラウドさんであったが、肩慣らしとはいえ、あれだけ敵意丸出しだった人にそれをお願いをする馬鹿がどこにいようか。

少なくとも、私は勘弁願いたい。

「何故と言われましても……」

頭を悩ませる。

ここで貶そうものならば間違いなく食い下がり、虚飾に満ちた賛辞でトリクラウドさんを持ち上げてその場逃れを試みても恐らく——ならば剣を合わせようではないか。

という言葉に帰結する。

何を言っても結果は変わらない。

ならもういっそ、ストレートに本音をぶちまけるか。という結論に至った私は
「私には必要ありませんので、こうして遠慮させて頂いたわけなのですが」

「必要ないだと……？　クライグ殿との立ち合い程度、素振りだけで十分と言うか!!　この無礼者が!!!」

め、面倒臭っ……。

先程から度々名前のあがるクライグさんをトリクラウドさんは尊奉でもしているのか、やけに突っかかってくる。

ここで面倒ごとを起こしてヴァルターに迷惑をかけるわけにもいかないし、とっとと部屋に戻るか。と、踵を返そうと——する私の眼前へ即座に移動を遂げるトリクラウドさん。

その行為に対し、私があからさまに嫌そうな顔をしてやると「き、騎士たる者が背を向けるとは何たる事か……!!」と、全く相手にしようとしない私に向かって彼は怒鳴り散らす。

さっきは女が騎士など笑わせるなどと騎士である事を認めない的な事を言っておきながら今度は騎士として振る舞えと。立ち合えと言われたならばそれに応えろと。

……本当に、無茶苦茶である。

「……敵前逃亡じゃあるまいし」

ぼそりと一言だけ呟きながら私は視線を移す。

トリクラウドさん本人から——彼が腰に下げている剣鞘。そして、手にする剣へ——。

別に私自身、誰かと剣を合わせる事自体が嫌なわけではない。

寧ろ、約一時間後に控える腕試しの前に誰かがウォーミングアップがてら剣の相手をしてくれると言ってくれたのならば、私は喜んでお願いした事だろう。よろしくお願いいたします、と。

しかし、それは相手がユリウスやライバードさんのような人の場合。

私の目から見て、まともな剣士であったならばの話。

——私の瞳には貴族の傲慢をありありと表す装飾だらけの剣が映った。

だから思わず、

「その剣、随分と重そうですね」

呆れ混じりに私はそう口にしてしまう。

「ふふはっ、確かに、この剣は女の身である貴様には満足に振れんかもなあ」

ここでこの返しが来る時点で知れたものである。

〝剣を振るうのに邪魔じゃないの？　それ〟を、そんなに重そうな剣を扱えるなんて！　なんて男らしいの!!　という意味合いに誤認する時点で最早、会話を続ける気すら失せてしまう。

いや、元々なかったんだけども。

「……えぇ、そうでしょうね」

私にも選ぶ権利はある。

邪魔臭い装飾だらけのキラキラした剣など、こちらから願い下げであった。

「まぁ安心するがいい。立ち合いとはいえ、此方は寸止めだ」

まだ諦めてないんかい、と思わずツッコミを入れたくなるしつこさである。

そもそも、重い剣を振れる振れないなんてものは実力には全く関係はない。

だというのに、勝ち誇った顔を見せられても反応に困るだけである。切にやめて欲しい。

「ですから――」

私はその申し出を受ける気はないと。

何度目か分からない断りを入れようとして。

「……はっ」

何を思ってなのか、嘲った笑い声が向けられた。

「やはり、貴様は中身の伴わない騎士であったか」

挑発の言葉が私の耳朶を叩く。

「怖いのだろう？　剣を向けられる事すらも。それはそうだろうなあ。女騎士など、存在自体が舐め腐っている。所詮はお飾りというわけだ」

「…………」

小さなため息がもれた。

だから、そう言った言葉には慣れてるんだよと思いつつも、そういえばアメリア・メセルディアとして何とか・トリクラウドさんと立ち合った時も確かこんな挑発されたっけと思い返す。

ワカメ頭といい、同一人物と言われても思わず頷いてしまいそうになる程の一致具合なのだから。

「気骨の欠片すら見当たらない女が一国の王に仕える側近の騎士であるだと？　笑わせるっ！　若き俊才と謳われたスェベリア王も堕ちたものだなッ!!　斯様《かよう》な能なしの騎士を側に置くなぞ!!」

散々な言われようである。

クライグと呼ばれていた者との立ち合いの前に肩慣らしをしておかないかと言われ、ただ断っただけでどうしてここまで言われなければならないのか。

恐らく、これが本来の彼の目的なのだろう。

挑発し、私をその気にさせる。

その上で、私をトリクラウドさんがけちょんけちょんにでもして、この者はクライグさんと戦うに値しない人物です。とでも言いたいのだろう。

私自身、別に自分が強いとは思ってもないし、騎士という立場だって今生は無理矢理にねじ込まれたようなものだ。

故に多少の罵詈雑言《ばりぞうごん》は見逃す気概も持ち合わせている。

だけれど。

だからと言って腹が立たないというわけではない。見栄だけを重視したナマクラ《剣》を手に、お前は騎士足り得ないと言われもすればそりゃ腹も立つ。こんな私だけれど、これでも騎士として生きてきた人間である。本音を言えば今すぐぶん殴ってやりたいくらいであった。

「能なし、ですか」

そう言われる覚えはある。

覚えがあるからこそ、贖罪であるとしてこうして私はヴァルターの側仕えを引き受けた。

「確かに、そうかもしれません。ですがそれは決して貴方に言われる筋合いではない」

それを私に言って良い人間はヴァルターと、真っ当に騎士として生きている人間だけ。

嗚呼、だめだ。自制がきかなくなってきてる。

今更でしかないけれど、もしかすると転生した事で精神年齢も引っ張られているのかもしれない。

アメリアの時は『うるっさい！　黙れ！　ばーかばーか!!』って心の中で思うだけである程度感情は収まってたのに。

「ほ、ぅ？」

馬鹿め。挑発にまんまと乗ってきたぞコイツ。

そんな心情がトリクラウドさんの表情から見て取れた。相手の望んだ通りに事を進めるのは癪《しゃく》でしかなかったけれど、

「そこまで仰るのでしたら、分かりました。その申し出をお受けいたします」

きっと、のらりくらりと相手にする事を拒み続けてもしつこく付き纏われるだけだろう。

だったらいっそ、とっととボコボコに叩きのめして黙らせるかこのワカメと考えは纏まった。

ついでにあの鬱陶しい剣も叩き折ってやろう。

そんな物騒な事を考える私をよそに、トリクラウドさんは「言質《げんち》は取ったぞ」と言いながら気持ちの悪い笑みを浮かべていた。

「――それ、で。先程寸止めと仰られていましたが、トリクラウド卿は実戦形式で行うおつもりですか？」

剣同士を合わせるだけ。

それならば、寸止めという言葉はまず出てこない筈である。

恐らく、トリクラウドさんは実戦形式による肩慣らしを想定していたのだろう。であればその言葉にも納得がいく。

「ああ、そうだとも。クライグ殿との力試しもその形式で行われるらしい。貴様からすれば願ってもない申し出であろう？」

まさか、逃げないよなぁ？

と、言外に圧をかけてくるトリクラウドさんであったが、私の脳内はとっととその喧《かまびす》しい口を黙らせてやるという意見一色。

会話を続けるだけでも精神衛生上宜しくないのでさっさとかかって来いや。

というのが本音である。

「ええ。別にその点に関して問題はありませんが……では最後に一つだけ」

私の経験上、こういう輩は負けたら負けたで何かにつけて言い訳をし、己の敗北を決して認めようとはしないタイプの人間だ。

だから、私はあえて己の手札を開示する。

たとえ知られたとしても、万が一にも、目の前のただ剣という装飾をぶら下げただけのような貴族に負ける気はなかったから。

「マナの使用を、認めて頂けますでしょうか」

こういう輩はズタズタのけちょんけちょんに叩き潰すに限る。故に私はマナの使用の許可を求めた。しかし。

「……ふっ、ぷくくっ、ははは、はーーっはっはっはっは!!!」

返ってきたのはその是非ではなく、哄笑《こうしょう》。

吹き出し、腹を抱えてこれは傑作だと言わんばかりにトリクラウドさんは私を見て笑い出す。

「マナの使用だと？　貴様、やはり道化の類であったか」

「道化とはどういう意味でしょう？」

「言葉のままだ。貴様、マナを扱える人間がこの世界にどれだけ存在すると思っているんだ。マナと魔法はわけが違うのだぞ」

人には誰しも、「魔力」というものが宿るとされている。

そして人は、その魔力を外へと撃ち出す行為を魔法、魔力を身体に纏わせ、手にする得物などへ伝導、巡らせる事を「マナ」と呼んでいた。

「我が祖国、サテリカでもマナを扱える人間はクライグ殿を含めてもたった3人だ。嘘をつくにせよ、もっとマシな嘘を吐いたらどうだ？」

魔法は誰しもが扱えるとされているが、マナはそうではない。私は自然と扱えるようになった為、どれだけそれが難しい事であるのかという判断はつかない。

ただ。

『——お前の才は、貴族令嬢として腐らせるにはあまりに惜し過ぎる』

アメリアとして生きていた頃。

当時の父が私に言ってくれたその言葉。

もう随分と前の言葉である筈なのに、私の中で鮮やかに記憶として残っている。

気難しかった父がくれた褒め言葉を馬鹿にされたような気がしたから、私は。

「嘘と断じるのでしたら、折角のこの機会です。貴方の剣でそれ見極めては如何でしょう？」

大人気なくも挑発する。

不敵にほんの微かに笑いながら、トリクラウドさんを見遣った。

「……威勢だけは一流のようだ」

「それで、先の言葉に対する返事はいただけないのですか」

私はそう言って返事を急《せ》かす。

「構わんさ。マナであろうと何であろうと、使えるのであれば使うが良いさ。本当に、使、、、えるならば、の話であるがな」

「そうですか」

言質は取った。

これで、マナを使うなんて聞いてない。という言い訳は使えない。

ボコボコにする為にもやはりマナは必須であると考えた私に取ってこのやり取りは必要不可欠であった。

「では――」

一歩、二歩と距離を取る。

私が一息で詰める事の出来る間合いを探りながら――約、10メートルと少し。

それだけの距離を作り出してから、言葉の続きを私は紡ぐ。

「時間も限られていますし、さっさと始めちゃいましょうか」

これから剣を合わせるのだと。

10人弱のトリクラウドさんの取り巻き達もそれを悟ったのか。

無言で私達から距離を取り始める。

トリクラウドさんの勝利を信じて疑っていないのだろう。にまにまとした気持ちの悪い笑みを浮かべている奴らが大半。

何でこんな剣士でもない奴に私が負けないといけないんだよと怒鳴り散らしてやりたくもあった

けど、その怒りは剣で晴らす事に決めた。

「どんな結果になろうと、恨みっこはナシという事で宜しくお願いしますね」

「ふん、御託はいい。四の五のいう暇があるのならとっとと――」

そこからの会話は全てシャットアウト。

全てを雑音と認識。拒絶。

とっさに思いつく限りの逃げ道は塞いだ筈だ。

昔のように、何かと理由をつけてイチャモンをつけてくる事は恐らくないだろう。

そして私は――魔力を巡らせた。

剣へ伝導。

身体から何かが抜けていく奇妙な感覚。

ライバードさんとの仕合の時とは異なり、雀の涙程度のマナではなく――私が御せる限りなく限界値に近い量を流し込む。

発光する剣身。色は青白。

親しみ深い独特の色をした剣身へ視線をやりながら私は感傷に浸った。

嗚呼、懐かしい、と。

「――は？」

どこからか聞こえる雑音が私の鼓膜を揺らす。

それは素っ頓狂な声であった。

トリクラウドさんの声に似ていたけど、きっと気のせいだろう。

故に、黙殺。

マナを通し、青白の輝きを纏った剣に視線を落とす。流石はメセルディア家の家宝と言うべきか。あの時の模擬剣とは異なりひび割れる気配は一切感じられない。

「それでは、」

「――!?　――!!」

「始めますね」

腰を落とし、足に力を込める。

すぅ、と息を吸い込み、腹に力をいれた。

何か声が聞こえる気がしなくもないけど、集中をしているからか、何も頭に入ってこない。

そして、

「そ――ぉ、れッ!!」

掛け声に合わせて、肉薄。

目論見通り、私とトリクラウドさんとの距離を刹那の時間でゼロへ。

続け様、剣を正眼に構えたまま何故か硬直してしまっていたトリクラウドさんの得物目掛けて
――剣を振るう。

直後。

ガキンッ、と何かが砕け割れる音が耳朶を叩き、時間差で宙に弾け飛んでしまっていた鋭利な何

かがさくっと音を立てて地面に突き刺さる。

それは刃先であった。丁度、トリクラウドさんが手にしていた得物の刃先。

だがそれに構わずそのまま振り上げた剣の刃先をトリクラウドさんの首筋に添えてやる。

その際、失意の感情を向けてやる事も忘れない。

「……ま、そりゃそうですよね」

そもそも、子供の玩具のような剣でメセルディアの家宝とされていた剣による一撃を防げる筈がないのだ。舐めすぎにも程があるだろう。

とはいえ。

「……あ」

ボコボコのけちょんけちょんにしようと思ってたのに、早速剣を折ってしまったではないか。

これではボコボコに出来ないじゃん。

私は一瞬前の過去を盛大に後悔した。折るとしてももう少し粘るべきだった、と。

けれど、これに関しては私は悪くない。

折ろうと思って折れるような柔《やわ》な剣が悪いのだ。私は断じて悪くない。

しかし、である。

「えっ、と、トリクラウド卿の剣がどうやら不良品だったようですね。どなたか代わりとなる剣を貸して差し上げては頂けませんか？」

そう言って私は視線を向ける。

言わずもがな、トリクラウドさんが連れてきていた取り巻き共に、である。

いち、に、さんと声に出して数え、8人いる事を確認。しめて計8本の剣である。良かったと私は安堵の息をもらした。

だが、どうしてか彼らはギョッとした表情で口ごもる。そしてこの鬼畜！　と言わんばかりの視線が刺さる。

いやいやいや。

い、い、い、いやいや。

ダメでしょそれは。

あれだけ大口や暴言を叩いておいてお咎《とが》めなしはダメに決まってる。少なくとも私は許さない。

そのひん曲がった思考をズタズタにしてやらないと気が済まない。

「どなたか、トリクラウド卿に剣を貸して差し上げてはくれませんか？」

「……い、や、その」

「どなたか、トリクラウド卿に剣を貸して差し上げてはくれませんか？」

「で、ですから」

「どなたか――」

その時だった。

ずずず、と何かがずれ落ちるような音が周囲に響き、私の言葉を遮った。

程なくして、ずしん、と地響きのような音に変わる。音の原因はトリクラウドさんの後ろに生えていた木が折れた事のようだ。

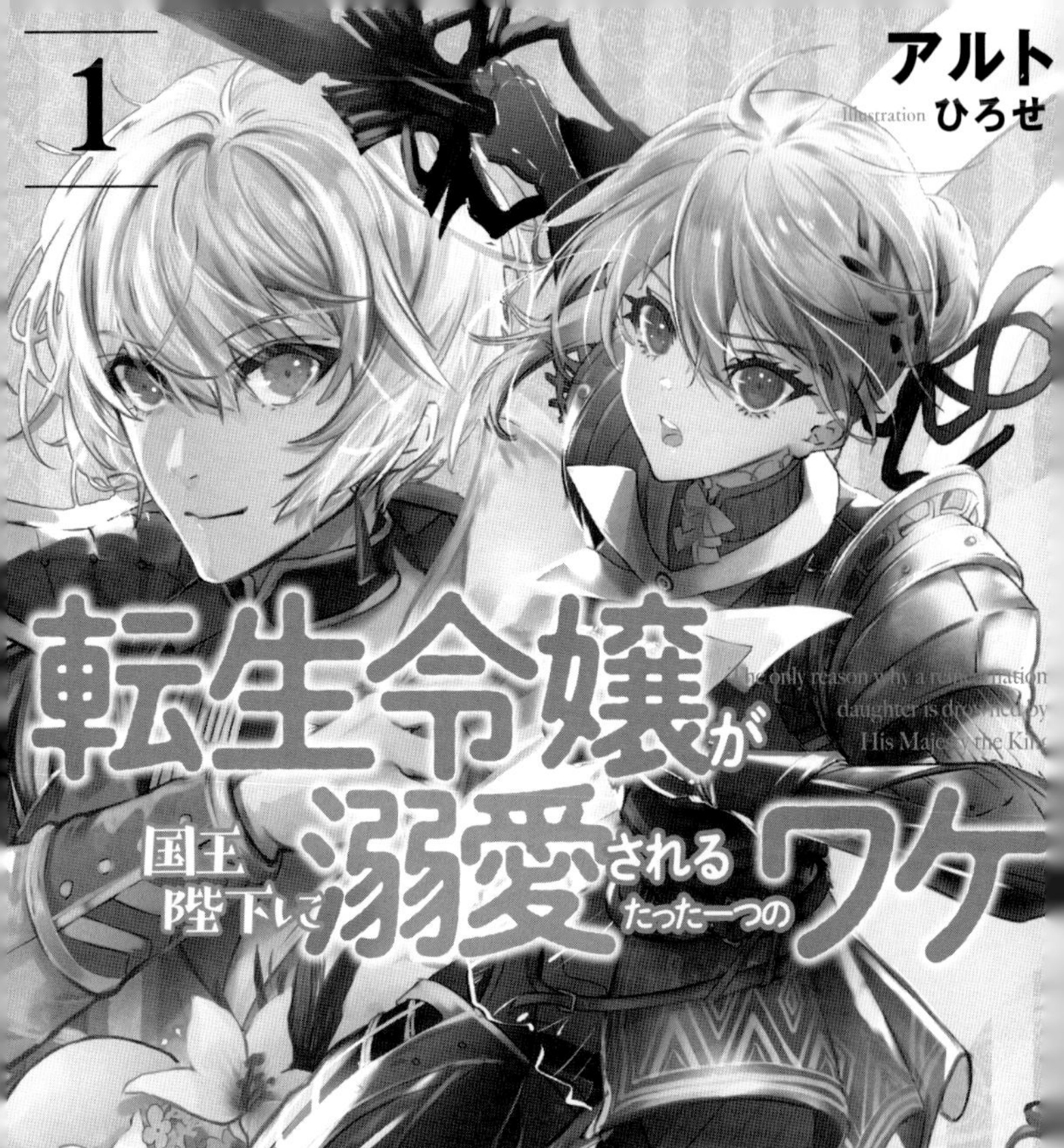

初回版限定
封入
購入者特典

特別書き下ろし。

とある早朝のひと風景

※『転生令嬢が国王陛下に溺愛されるたった一つのワケ 1』をお読みになったあとにご覧ください。

EARTH STAR NOVEL

『――悪ぃ、嬢ちゃん。ちょいとヴァル坊のやつを起こしてきてくんねえか。ちょいとヴァル坊に用があんだが、あいつまだ寝ててよ』

窓越しに未だ曙光が射し込む早朝。

サテリカでの一件より数週間ほど経過したある日。身支度を整えて部屋から出てきた私を外でじっと待っていたのか、騎士団長であるユリウスからそんな頼み事を私に持ち掛けてきたのが全ての始まり。

「……んん」

現在進行形で私は眉根を寄せて悩ましげに唸りながら、目の前の状況をどうやって打破するか。

その一点について考えあぐねていた。

私の目の前にはすぅ、すぅ、とベッドの上で寝息を立てて未だ睡眠を取っているヴァルター。

まるで私に押し付けるように、それじゃあ頼むわ！　と言葉を残し、そそくさと私の前からいなくなったユリウスの行動から、何かが怪しい。

と、邪推するも思いの外、寝相が悪いだとかそういった事もなかった。

ただ。

「……睡眠が深過ぎるんですけど」

名前を呼ぼうとも、身体を軽く揺すろうとも、カーテンを開けて部屋を明るくしようとも、一切反応がなかった。起きる気配がこれっぽっちも見当たらないのである。

「でも、ユリウスから早く起こしてくれって言われてるし」

去り際、『それと、出来る限り早くヴァル坊を起こしといてくれ！』などと条件を付け加えてきたユリウスの言葉を思い出しながら、悠長な事はしてられないよねと決断。

そして、私は右の人差し指を伸ばしてヴァルターの頬っぺた目掛けて軽く一突き。

ぷに、と弾力のある感触が指を伝ってきた。

「…………」

どうせ起きてないし、今のうちに好き勝手やっちゃえ！　バレたらバレたで起こす為に仕方なくやってました。とか言えば問題ないでしょ！

そう割り切って敢行した筈であるというのに、頬っぺたを触った瞬間、直前のそんな考えは一瞬にして呆気なく霧散した。

「……なんか知らないけど、負けた気がする」

ろくに手入れもしてないだろうに、なんなんだこのスベスベでもちもちの肌は。

次いで、銀糸のような髪も軽く触れると、これまた誰もが羨むようなサラサラな質感。

……無性に、敗北感に包まれた。

「……にしても、ほんっと、こうして見てみると素材は良いのに。勿体ない」

ぷにぷにぷにと更に3突き。

それでも尚、寝息を立ててヴァルターが未だ夢の中である事をこれ幸いとして、独り言を続ける。

「目付きの悪さと、人を寄せ付けさせないあの性格さえ直せば言うことなしの百点満点なのに」

現状に不満があるわけじゃないし、私の言う百点満点を求めてるわけでもない。

だけど、ここまで揃っていると、どうしてか勿体ないなあという気持ちが湧き出てきてしまう。

「でも、王である限り、目付きは兎も角、あの性格くらいは直してくれないと、」

周りの人達だって困るからね。

と、言おうとしてた私だけれど、その言葉が最後まで紡がれる事はなかった。

その理由は、頬っぺをツンツンと突いていた状態のまま、いつの間にやら目蓋を開かせたヴァルターと目が合ってしまったから。

「……誰の性格が、何だって？」

「……お、おはようございます。起きてらっしゃったんですね、陛下」

ゆっくりと手を引き、何事も無かったかのように私は挨拶をしてみる。

しかし、責めるような視線が無くなってくれる事もなく。

ぎぎぎと壊れたブリキの人形のように顔を背けるのが精一杯の抵抗であった。

「そ、そう！　そういえば、ユリウス殿から陛下を起こすようにと言われてまして」

そして水を得た魚のようにふと、頭に浮かんだ理由を口にする。

「ユリウスが？　……あぁ、そういえば今日は少し付き合って欲しいと言っていたな」

どうやらユリウスとヴァルターは約束をしていたようで、そう言うや否や、むくりと起き上がり、彼は支度を始めた。

よし、この隙に逃げてさっきの事は有耶無耶にしてしまおう。

そう思って私はそそくさとヴァルターの私室を後にしようとして。

「あぁそれと、今日の鍛錬は覚悟しておけ」

……やっぱり、都合よく逃げられるわけもなかった。

深い眠りに入っていようとも言動には気をつけよう。未だ指先に残るヴァルターの頬っぺたの感触を感じながら、私は心底そう思った。

どうにも先の一撃。

その剣風か何かでぽっきりと折れてしまっていたらしい。まぁ、よくある事だ。たぶん。

「どなたか――」

「そ、それは、」

「――いいからさっさと貸せよ」

「すみませんでした……!!」

ドスの効いた声で言ってやると謝罪と共に剣が差し出された。

初めからこうすれば良かった。

「ぁ、はは、ハハハハハ……」

虚《うつ》ろな瞳で空を仰ぎ、感情が抜け落ちた笑い声を響かせる男が一人。

膝から崩れ落ち、剣身半ばでぽっきりと折れてしまっていた剣を手にする彼の名はボルドー・トリクラウドさん。

そこに、数十分前までの威勢は欠片も存在していなかった。

それもその筈。

原因は言わずもがな、トリクラウドさんの精神をボコボコにしようと試みた私による明らかな手抜きが理由であった。

「いくら力試しとはいえ、マナを使う事はやはり、尋常な勝負をする上では卑怯であったかもしれません」

心にもない事を私は口にし、今度はマナを使わないと宣言するや否や、「そっ、そうだ!!　マナを使うから悪いのだ!!」と許可した筈の当人が何故か激情し、マナさえなければ問題ないと豪語しながら取り巻き連中の一人から剣をぶんどって再び相対。

だが、結果はマナを扱った時と同様、得物を折った上での瞬殺。

次に、

「そ、その剣だ!!　その剣に何か小細工をしてるのだろう!!!　この卑怯者めが!!!」

と、トリクラウドさんが喚くので私も取り巻き連中の方から剣を一振り拝借し、仕切り直しの第3戦。

今度は一撃で折れる事こそなかったものの、二度三度と打ち合う中でトリクラウドさんが手にしていた剣の方だけがひび割れ、使い物にならなくなった。

そりゃ、乱雑に扱えばそうなるだろうと傍から見れば折れた事は自明の理でしかなかったのだが、私はあえて口ごもる。

残りの剣の本数は5本。

使い切る前に戦意を喪失されてはつまらないので私はすかさず彼を煽《おだ》てておいた。たったそれだけで戦意をある程度回復出来るのだから驚きも一入《ひとしお》である。

「こ、これは尋常な勝負でもあるからな。女であるからと花を持たせてやるのもこれまでにしておこうか」

などとトリクラウドさんは言ったものの、顔は笑っていたが膝も笑っていた。武者震いだろうかと思いながらも剣を合わせると相も変わらずの瞬殺。そこからは虚勢に次ぐ虚勢を聞くだけの作業であった。

合わせて計、８本の剣と共にトリクラウドさんの戦意もバキボキに折ったところで、

「きっと、トリクラウド卿は文官が向いてらっしゃると思いますよ」

と、満面の笑みで言ってあげるとトリクラウドさんが壊れちゃった、という具合である。

因果応報だもんね。仕方ないね。

「ところで、トリクラウド卿」

「ひぃっ!?　あ、ああ、何だろうか」

「この惨状についてですが……如何致しましょうか」

戦意をバキボキに折って尚、容赦なく追い討ちをかけていく。それが女騎士として生きていく際の、周りに舐められないようにする為の処世術である。

「如何、とはどういう事だろうか……?」

「トリクラウド卿が高名な騎士であるとお見受けし、ならばと私も全力を尽くさせて頂いたとはいえ、庭をこのようなひどい有様に変えてしまったのですから。やはり、ディラン国王陛下にこの事をお伝え――」

「いや!!　いい!!　そんなものは気にしなくても良い!!　気にしないでくれ!!　後始末については僕がキチンと抜かりなく行っておこう!」

「ですが、それではご迷惑を……」

「おい！　お前ら!!　ウェイベイア殿をお送りしてさしあげろ!!」

食い下がる私の言葉をトリクラウドさんが無理やりに遮った。

それもその筈。

私の申し出はつまり、この惨状を生み出した事に対し、サテリカ王に申し出ておくべきではないのか、という事である。

しかし、それをしてしまうともれなく、トリクラウドさんが女騎士である私にボコボコにされたという情報が伝わってしまうわけだ。

しかも、キラキラした自慢の剣と取り巻き連中が持っていた8本の剣を折られたというオマケつきで。

正しく生き恥。

女騎士という存在が見下される中で、その女騎士に完膚なきまでに叩きのめされた男。

考えるまでもなく、それを知られてしまえば今後、彼は悲惨な末路を歩む事しか出来なくなるだろう。少なくとも、貴族としては死んだも同然の扱いとなる筈だ。

だからこそ。

ヴァルターの下へとお送りさせて頂きますと言って駆け寄ってくる取り巻き連中の声を無視し、「やはり、そうは言っても……」と、意地悪をする。やめてくれというトリクラウドさんの悲鳴が面白いくらい伝わってきてたけど散々馬鹿にしてくれた報いだし……。

と、思いながらその後、「やっぱり……」「いや、でもでも……」「そうは言っても……」と言って足を止めては進めを繰り返し、彼の精神をガリガリ削ってやった。

正直、超楽しかった。

＊　＊　＊　＊　＊

「それ、で。わたしにこのお嬢さんの相手をしろと。陛下はそう仰られるのですかな」

ところ変わり、ヴァルターの下へ戻るや否や、部屋の外で待機をしていたメイドに案内をされたのはライバードさんと剣を合わせた教練場によく似た場所であった。

既にその場には王であるディランさんともう一人。白髪の愛想の良さげな初老の男性が待機しており、私は一瞬で理解をした。

この者が、私の対戦相手となるのだろうと。

そして、この人は強い、と。

もし彼がトリクラウドさんが言っていたクライグさんであれば、確かに彼があそこまで尊奉するのも分からないでもない。

ただそこにいる。

その佇まいだけでも歴戦の騎士のような雰囲気が彼からは感じられたから。

「不満であるか？」

「不満、というわけではありませんが……正直なところを申し上げると、このお嬢さんと戦いたく、はありませんなぁ」

いやに懐かしい言葉だなと。

部屋に足を踏み入れるが早いか、私の事をじっくりと注視を始めていた男の言葉に対し、懐かしさを感じた。

理由は単純だ。

アメリア・メセルディアとして生きていた頃の私に対し、接してくれる者には3パターンの人間がおり、そしてその中の一つに先の言葉が見事合致してしまったから。

1パターン目が、先程のトリクラウドさんのような人間。

女であるからと頭ごなしに否定をするような輩。つまり、一番腹が立つパターンである。

2パターン目に、フェミニストを気取る人間。

勿論、彼らは私に喧嘩を売る事も、剣を合わせる事もしてくれないが割りかし愛想は良い。

騎士として生きている事も何か訳ありなのだろうと勝手に納得してくれていた人達がここにある。基本的に当たり障りないタイプが多いが、中には下心ありありで目つきがいやらしい連中もいるから要注意だ。

そして3パターン目が、丁度目の前にいる初老の男性のような人のパターン。

女であるにもかかわらず、他と区別する事なく、一人の騎士として見てくれる人だ。

ただ、彼らはどうしてか私と絶対に剣を合わそうとはしてくれない。

そして決まって皆が言うのだ。

私とは、戦いたくないと。

「何より、陛下のお望み通り、このお嬢さんの力を見るともなれば……恐らく、仕合の範疇《はんちゅう》では済まなくなる。そもそも、この老いぼれでは勝てませんでしょうしなあ」

理由を問えば、これもまた皆が似たり寄ったりの意見を言ってくるのだ。

『私では、勝てないから』『女相手に本気で剣を振るうわけにもいくまい』『私から学べる事は何一つないでしょう』などと、本当か嘘か分からない、というより、私を気遣うような言葉ばかりが並び立てられていた記憶しかない。

そして今回も案の定、聞き覚えのある言葉が続いた。

とはいえである。

別に私は己の意思で目の前の男と戦いたいと望んでいたわけではない。

むしろ、戦わなくて済むのならばそれで穏便に事を済ませたい。

だから、今回ばかりは好都合であると思った。

しかし、そうは問屋が卸さないのが現実である。

「……それは、本気で言っておるのか？」

「ええ。陛下にこのわたしが嘘を吐く理由がどこにありましょう？　とはいえ、です。この老いぼれの言葉一つで納得してくれ、というには些か無理がありましょう。そこで提案なのですが……」

あ、これ何か嫌な予感がする。

力試しをしないのなら私、帰っても良いかな？　などと現実逃避を始める私をよそに、

「最近、サテリカには商人を狙った襲撃が多発しておりまして。まぁ、その首謀者についてはもう目星が付いているのですが、丁度よかった。その討伐にこのお嬢さんにも参加して頂き、そこで力を示して貰う、というのは如何でしょうか？」

血腥《ちなまぐさ》そうな話が勝手に進み始めていた。

……勘弁してよ。

「……スェベリアとサテリカは友好国であります。助力を、という事であれば一向に構いません。ですが、ご存知の通り私は陛下の唯一の護衛。流石に、それを受けてはまずいでしょう」

面倒事はパスで。

そんな想いを胸に、私はこれ以上ない正論を並べ立てる。しかし、目の前の男にとって私のその返しは想定内であったのだろう。

表情を一切変える事なく、

「……おや？　スェベリア王の護衛は4人であるかと思っておりましたが……」

「――チッ」

その言葉に対し、鋭くヴァルターは舌を打ち鳴らす。次いで彼はため息混じりに、

「……ただのストーカーだ。あれを数にいれてくれるな」

言葉を言い放つ。

そういえば、確か側仕えどころか護衛の一つ認めようとしないヴァルターの護衛を陰ながら務める人間がどーちゃらこーちゃらなどと言っていたような気がする。

恐らく、4人、という齟齬《そご》が生じたのもそれが理由なのだろう。

ヴァルターのあからさまに嫌そうな顔から私は全てを悟った。

「俺の護衛はコイツ一人。他はしらん」

散々な言われようである。

姿を目にした事はないけれど、こうして陰ながら護衛を努めてくれている3人の方？　がこうしてサテリカまでついて来ているのも、我儘を言い続けるヴァルターのせいだろうに。

「……俺は一度として頼んだ覚えはない」

「へ？」

「顔に出ている。俺のせいだろうが、とな」

「……失礼いたしました」

声に出してないはずなのに。

と思い、つい素《す》っ頓狂《とんきょう》な声が漏れてしまう。

どうにも顔に出ていたらしい。

「しかし困りましたなあ。そういう事であれば、確かにお嬢さんの言う通り――」

「――構わん」

わたしの申し出は些か配慮に欠けていたか、とでも言おうとしていたのか。

しかし、その言葉は最後まで紡がれる事なく遮られていた。

他でもない、ヴァルターによって。

「スェベリアとサテリカは友好国だ。こうして縁談を断るにあたり、それなりに此方にも負い目のようなものがある。困っているのであれば是非とも、助力させて貰おうか」

ただ――。と、言葉は続く。

「勿論、此方は唯一の護衛であるフローラを送り出すんだ。条件を一つだけ付けさせて貰う」

「条件、ですか」

「なぁに、簡単な話だ。その討伐に、俺も参加させろ。ただそれだけだ」

直後、水を打ったように静寂が場を支配した。

その理由は言わずもがな、ヴァルターによる爆弾発言のせいである。

危険な場所であると分かるだろうに、進んでそこに向かおうとする国王がどこにいるというのだ。

最早その発言はアホとしか言いようがない。

「……流石にそれはまずいでしょう」

苦笑いをする初老の男。

私も彼のその発言には全面賛成であったので、その通りだと心の中で全力肯定。

しかし。

「そもそも、これはお前の提案だろうが？　クライグ・レイガード」

クライグといえばトリクラウドさんがやけに尊奉していた人物の名なのだが、ヴァルターは彼の顔を知っていたようだ。

「それはそうなのですけども。ヴァルター殿まで加わるともなると……色々と問題が生まれるでしょう？」

そうだそうだと口を真一文字に引き結びながらも、クライグさんの言葉に肯定を続ける私はその視線を続け様、彼の側で佇んでいたサテリカ王――ディランさんへと向けた。

貴方からも何か言ってやってくれ。

そう訴えかける私であったが、何故か彼は腕を組んだままヴァルターとクライグさんのやり取りを黙って見つめている。

……いや、何でだよ。早く止めろよ。

「問題か」

「御身《おんみ》に何かがあっては、国家間の問題へと発展してしまいます。それは幾ら何でもお分かりになっている事でしょう？」

「ああ、分かる。そのくらいは分かるさ。だが、それがどうした？」

何が分かったのか私は無性にヴァルターに問いただしたくなった。けれど、ここで私が口を挟むと収拾がつかなくなりそうであったので、ぐっと堪える。比較的マトモそうなクライグさんに任せとけば何とかなるだろう戦法である。

「そもそも前提が間違っている。何より、いつからお前は俺の身を案じられる立場になったんだ？〝剣聖〟――クライグ・レイガード」

「…………」

ヴァルターのその言葉に、クライグさんはどうしてか黙り込んだ。

まるで、既に格付けは済んでいる。

そう言わんばかりに、クライグさんは口を引き結んでいた。

「話が分かる奴は嫌いじゃない。だからこそ、これだけは言わせて貰おうか。たとえ誰の言であれ、死んでもこれを曲げる気はない。コイツは俺の目の届くところに置く。守るだけ守って、勝手に逝かれるのはもう散々なんだ。故に剣を学んだ。ただ、その為だけに」

勝手に行く……？

私、自由行動した事あったっけと思考を巡らせるが……心当たりはない。

守るだけ守ってとは護衛という意味だろうか。

イマイチ理解が出来なかった。

「だから、俺の側に置く。それに、尋常な立ち合いの下、俺に敗北した騎士が一丁前に俺の身を案じるな」

「は、ははは っ!!　ははぁ、それを言われては耳が痛いですなあ」

「何なら誓書でも残してやる。それで俺の同行にも文句は出なくなるだろ」

何かとんとん拍子で勝手に二人の中で話が纏まってきていたが、私は猛反対である。

何より、私の中のヴァルターは7歳の頃で時が止まっているからだろうけど、戦えるというイメージが一切ないのだ。だから、ヴァルターを付いて来させるなよ！　そういう事なら私、絶対やらないからな。という断固の意思を見せようとするも、

「それに、そっちのサテリカ王は兎も角、どうせあんたはハナから俺を巻き込みたかったんだろう

が」

「はて？」

ヴァルターのその言葉にクライグさんは呆けていた。

……一体、どういう事だろうか。

私には話が全く見えていなかった。

「魂胆が見え見えなんだよ。どうせ、その首謀者とやらが面倒臭い奴なんだろう？　……臣下の失言であれば最悪、王が失礼したと言って頭を下げれば済む話。運が良ければその失言が実を結ぶ」

わざわざこうして腹芸をしなくてはいけない。だから俺は国王《この立場》が嫌いなんだと彼の表情が全てを物語っていた。

「だが、この展開に持ち込むにあたり、ある程度のラインは決めてたんだろうさ。言葉通り、俺に何かがあれば国家間の問題に発展するからな。……とどのつまり、お前はクライグ・レイガードに認められたんだろうよ」

そしてヴァルターの視線は私へと向く。

「私が、ですか？」

「ああ。お前という存在は、俺の足枷《あしかせ》足り得ない、とな」

そこまでヴァルターが説明をしたところで、弾けたように笑い声が場に轟《とどろ》いた。

「は、ははは っ!!　はははははは!!!　わはははは っ!!!　ほら見ろ。だから我《わたし》は言っておったのだ。ヴァルター殿は甘くないと。全てをお見通しであったというわけだ。いやはや、これで未だ24。末恐ろしいとはまさにこの事でしょうな」

「……初めからディラン殿はそのつもりだったのでしょう？　ディラン殿の事だ。私が赴くと聞き及んだ時、条件を整え、既に助力の段取りを組んでいた筈だ」

「……敵いませんなあ」

「その計画を変更したのは……コイツの存在があったからですか」

そう言って私に視線が集まる。

え？　私のせいなの？　と、目を丸くすると、何故かクライグさんとディランさんから微笑ましいものを見守るような笑みが向けられた。

いや、笑顔とかいいから理由を言ってよ。

「一方的に頭を下げて頼み込む事が出来るのであればどれだけ楽な事か。しかし、王という立場がそれを許さない。だからこそ、ある程度の面目を立たせないといけない。それがたとえ見せ掛けだけであろうとも、最低限五分五分の条件程度には」

隣でやけに難しい話をするヴァルターの言葉を聞き流しながら、私はというと。

つまりアレか？

ヴァルターがその盗賊紛いの事をしている人達相手に立ち向かうという事だろうか？　と漸く話に追いついていたところであった。

「……あの」

話の内容を理解した私は恐る恐る、ヴァルターとディラン殿の会話に割り込んだ。

そして、

「私は、反対です」

素直に、王が前に出るべきではないとして意見を述べる。

「まあ、臣下であればその言葉を述べるのが当然でしょうなあ。とはいえ、件の人物がとても厄介な人間でして」

自国では手に負えないから友好国に頼る。

その考え方は理解出来る。

しかし、だ。

「話は分かります。ですが、陛下自身を巻き込むのは、」

幾ら何でもまずすぎるだろう、と。

少し前までヴァルターの身を案じていたクライグさんは一体どこにいったんだよと胸中で悪態をつく私に対し、

「おや？　その様子だともしやご存じないのですかな」

クライグさんに代わり、ディランさんが声をあげた。

「ヴァルター殿は、数多くのマナ使いを抱えるスェベリアの中でも群を抜いて腕が立つ剣士でもありましてな」

けん、し？

ぽかん、と一瞬ばかりディランさんのその言葉のせいで私の頭が真っ白になる。

しかし、すぐに我に返った。

その理由は、ある人物の言葉が脳裏を過ったから。

——ヴァル坊。

ヴァルターの事をそう呼んでいたユリウス・メセルディアの言葉。

あの時はただ、アメリアとしてヴァルターを逃した後、メセルディア侯爵家にて保護をした際に仲良くでもなったのかと勝手に自己解釈し、気に留めていなかった。

だが、ふと考えてみる。ヴァルターは曲がりなりにも王族の人間。武人気質のユリウスが何の理由もなしに『ヴァル坊』などと呼ぶだろうか?

——きっとそれは、あり得ない。

浮かんだ可能性に対し、私はかぶりを振る。

では何故、と考えた時、新たな選択肢が浮かびあがった。

ヴァルターがもし、ユリウス。

もしくは当時の私の父に〝剣〟の教えを乞うていたならば。

だとすれば、少し無理がある気もするが一応、辻褄は合う。

メセルディア侯爵家は生粋の剣士の一族。

『たとえ女だろうが、剣を学ぶのであれば加減はしない。加減をして欲しいなら女として生きろ。そう願う人間に、剣士は向いていない』

実の娘にそんな言葉を叩きつける父である。

きっと、ヴァルターにも似たような言葉を投げ付けたであろう事は容易に想像が出来た。

言うとすれば、殿下という立場など関係なく、剣の教えを乞いたいというのであれば、ただのいち人間として扱います、といったところか。

その父の血を色濃く受け継いだユリウスも然りだ。

「残念な事に、一度だけしか機会に恵まれた事がないものの、我《わたし》もその技量を目にした事がありましてな」

「陛下。ここでその話は……」

「そこの〝剣聖〟なんて大層な名を付けられた老兵を圧倒してくれましたとも。此方としてはクライグに灸を据える役割を負って欲しかったのだが……結果はヴァルター殿の目論見通り、クライグの敗北でしたな」

勘弁してくれと言わんばかりに苦笑いするクライグさんの声をディランさんはガン無視。

負けたという過去を根に持っているのだろう。そこに容赦といった感情は一欠片も存在していない。

「目論見通り、ですか」

ディランさんの言葉に混ざり込んでいたその一言。ふと気になってしまった私は彼に対し、そう言葉を返していた。

「おや？　貴女もそのクチかと思っていたのだが……ふむ、どうにも違うようだ」

ヴァルターに助力を乞おうとした事。それに至った理由。

今の私の頭の中は疑問で埋め尽くされていた。

そもそも、ヴァルターは何故、クライグさんと剣を合わせたのだろうか。

合わせる必要が、あったのだろうか。

「ところで、今のスェベリアの方針を貴女はご存知かな？」

私が何も知らないと判断してか、ディランさんはにこやかな笑みを浮かべてそう問うた。

「……実力主義、ですよね」

「その通り。しかし、実力主義といくら公言しようとも、それを馬鹿正直に信じる人間はごく僅か。こうして権威至上の貴族社会が出来上がってしまってる以上、まともな人間であれば誰しもが思う事でしょうな。それは嘘だ、と」

「でしょうね」

私だってそう思う。

この貴族社会にて、幾ら実力主義と言おうとも、それはただの建前でしかないのだろうと。

「そこで、ヴァルター殿は考えた。いくら実力主義と言おうとも、己が身がただの王族であってはその言葉が意味を成さないと。故に、力を証明する事にした。実力主義を謳う国の国王は、その国で一番腕が立つ剣士であると」

つまり、クライグさんはその証明の踏み台にされたという事なのだろうか。

と、自分なりの答えにたどり着いた私は思わず彼へ顔を向ける。するとそこには疲れ切った表情を浮かべるクライグさんがいた。

……ありがとうございます。その表情で理解出来ました。

「後はもう言わずともお分かりになっている事でしょうな。国のトップに立つ人間が実力主義と謳い、そして自身も実力を証明してみせた。ならばと疑いを捨てて人が集まってくるのも自明の理です。いやはや、よくもまあ実行に移せたものですなあ」

我《わたし》には到底不可能でしょうなと苦笑いするディランさんの話を聞き、そういう理由で剣を学んでいたんだと今度はヴァルターに視線を向ける。

そこには、平気な面《つら》してディランさんをだまくらかしていた時と同じ表情を浮かべるヴァルターがいた。

――そもそも、ただのついでだったからな。

何か変な小声が聞こえたような気がしたけども、気のせいであると思う事にした。

幻想は幻想のまま止めておくのが一番幸せだからね。

「で、あの時の借りを返せと。ディラン殿は仰るのですか？」

「まさか、まさか！　我《わたし》はそこのお嬢さんが知りたそうにしていたから話したまで。元より、あの仕合はお互いにメリットとリスクを対等に抱えたものでしたからな。借りなどとはとてもとても」

の割に、随分とその部分を強調してんなオイ。

そんなヴァルターの心の声が見るからに聞こえていたけれど、向こうもそれを承知した上で繰り返し強調しているのだろう。

「……分かりました。とはいえ、私もクライグ・レイガードには多少なり恩がある。あの時、仕合の申し出を受けてくれていなければもしかすると今のスェベリアはなかったのかもしれない。では、縁談の件。そしてクライグ・レイガードとのかつての一件。それらをなかった事にする対価として引き受けましょう。……これで宜しいですか、ディラン殿」

友好国であるみたいだし、素直に頼み込んでも恐らくヴァルターは首を縦に振った事だろう。

しかし、ディランさんからすると、それを一国の王として許容するわけにはいかなかった、と。

故に、誰が見ているわけでもないがこうして体裁を整えたのだろう。

何となくだけれど、ヴァルターが王という地位を好んでいない理由がこの面倒臭いやり取りで分かったような、そんな気がした。

「流石はヴァルター殿。縁談の件は誠に残念ではありますが、次の世代に一縷《いちる》の望みを掛けましょうかな」

「……対象が私でないなら一向に構いません」

わ、ははははは！

と上機嫌に笑うディランさん。

対照的にため息を吐くヴァルター。

そんな彼らの様子を眺めながら私は、ヴァルターが腕の立つ剣士なぁ、と物思いに耽《ふけ》っていた。

私にとってのヴァルターという人間の時が7歳の頃で止まっている事も理由の一つだけど、最たる理由は違う。

これまで、少しでしかないけれどフローラ・ウェイベイアとしてもヴァルターと接してきた。

その際、彼に対して感じたのは拍子抜けする程の警戒心のなさである。

一国の王にもかかわらず、警戒心の「け」の字すら隣で歩いていた私には感じられなかった。

きっと、私が急に牙を剝いてヴァルターに斬りかかったならばスパンとやれてたと思う。

そのくらい王の癖に警戒心が足りてない。

剣士であるならば尚更だ。

「…………ん」

だから、私はイマイチ信じられなかったのだと思う。

ユリウスの件もある。

だから頭では理解出来ても、身をもって感じていた剣士らしい所作のなさ。

そのせいで胸に筆舌に尽くしがたい判然としない感情だけが残った。

十二話

――〝鬼火のガヴァリス〟

クライグさん曰く、サテリカで盗賊紛いの事をしている人間。首謀者はそんな異名を取った人間らしい。

聞けば、随分と歳を重ねている人間であるようだが、私からすれば誰ですかその人って感じである。残念ながら名前に全く心当たりはなかった。

「厄介な人間、というから誰かと思えば。成る程〝鬼火〟、か」

しかし、ヴァルターはその名前に心当たりがあったのか。訳知り顔でそう呟いていた。

「……ご存じなんですか?」

「大概の人間は知っているだろうさ。〝鬼火のガヴァリス〟と言えば名の通った帝国軍人だからな」

サテリカ王国に隣接する国はもう一国ある。名を、トラフ帝国。

ヴァルター曰く、名の挙がったガヴァリスさんはトラフ帝国の人間なのだという。

「とはいえ、〝鬼火〟は将軍職に就いていなかったか? とてもじゃないが盗賊紛いの事をするとは思えないが……」

「どうやら政争に負け、追い出されたようで」

クライグさんが答える。

「サテリカを煽《あお》り、戦争に持ち込んだ上で己の再起を図っている、といったところでしょう。人間性は兎も角、〃鬼火〃の戦闘能力はまごう事なき本物でしたからな」

「……サテリカも厄介な事に巻き込まれたな」

「全くです」

「だが、ならば〃鬼火〃一人を倒せば済む話だろう？　サテリカにも優秀な人間はいる。あんたや他のマナ使いを動員し、連携を取りつつ、自慢の王家直属兵を使って包囲でもして押し潰せば事は済んだと思うが？」

「ええ。そうでしょうなあ。如何に〃鬼火〃とはいえ、全盛は過ぎている。確かにヴァルター殿の言う通りにすれば被害も出たでしょうが、〃鬼火〃を潰す事は出来るでしょう。しかしその場合、問題が生まれてしまうのです」

問題だと？

と、ヴァルターはクライグさんの言葉に対し、怪訝《けげん》に顔を歪めた。

「〃鬼火〃が活動の拠点としている場所が、国境付近なのです」

「それの何が問――……あぁ、そういう事か」

「ええ。軍を動員しては、帝国に宣戦布告と取られかねないのです」

言い掛けていた言葉を中断し、納得の色を浮かべるヴァルターに対し、クライグさんはため息混じりに補足をした。

本当に勘弁して欲しい。

表情がクライグさんの心境をありありと物語っている。

だけれど、よく考えて欲しい。

さも当然のようにヴァルターは言っていたが、サテリカの精鋭を総動員し、押し潰す。

確かにそれが一番効率的なんだろうが、つまり〝鬼火〟と呼ばれるガヴァリスとやらはそこまでしなければならない人間という事。

たった一人にそこまで手を掛けなければならないという事は普通であればあり得ない。

だからこそ改めて、本当に大丈夫なのかという不安が私の中にどっ、と押し寄せた。

「……だから、俺、というわけか」

求められていたのは強大な戦力を誇る個々人。

故に、武で名を轟かせていたヴァルターに彼らは目をつけた、と。

「ま、大丈夫だろ」

「……何が大丈夫なんですか」

楽観的にそう口にするヴァルターに向けて、私はすかさず意見をする。

責め立てるように、半眼で。

「別に一人でも問題はなかっただろうが、今の俺には護衛がいる」

機嫌よさげに笑いながら、ヴァルターは私と目を合わせる。

だから、その自信は一体どこからやって来るんだよと。もう億劫になってきたツッコミをしようと試みる私であったが、

「側仕えの一人すら許して来なかった俺であるがな、実は過去に一度だけ、ある奴に護衛を務めて貰った事がある」

どこか身に覚えのある話が聞こえてきたものだから、私は慌てて口を噤んだ。

「名前は教えてやらんがな、丁度、お前と同じ女騎士だった」

……やはりか、と思う。

きっとそれはアメリア・メセルディアの事だろう。最後まで守り切れなかったからこそ、怒っているのではないかと、私はそう思っていた。

なのに何を思ってか、過去の私を語りだしたヴァルターの表情はいつになく穏やかなものであった。

「で、お前からはそいつと同じ匂いがする」

コイツの嗅覚は犬か何かかと思いながらも、僅かに焦燥に駆られる心情をひた隠しにする。

――もしかして、私の正体に気付いてる？　……ううん、それはあり得ない。

二つの意見が私の中で現在進行形で鬩《せめ》ぎ合っていた。

「……だから何だと言うのですか」

「強かったんだ、ソイツは。……とはいえ、当時7つだった俺の目から見て、なんだがな」

当時7つの子供から見て強い。

きっと、当時の彼からすればどんな騎士でも強く見えた事だろう。過去の私を褒めでもするのかと思えば、全然褒めてないよこの性悪王さま。

と、無性に責め立てたくなった私がヴァルターをジト目で見詰めていると彼は面白おかしそうに笑っていた。

「……結局、何が言いたいんですか」

「安心するんだよ。お前といると、何故か安心する。万が一すらも、ないと思える。不思議だな？」

「……根拠が曖昧な安心は安心とは言えません」

だーめだこいつ。

と、私は呆れ顔を向ける。

いくら退位を決めているとはいえ、ヴァルターは一国の王である。

そんな彼がこれで良いのだろうか。

さぞ、臣下であるハーメリアやユリウスは苦労させられてきた事だろう。

人知れず、私は彼らに同情をした。

そんな折。

ふと、ある言葉が私の脳裏をよぎる。

それは、フローラ・ウェイベイアとして私がヴァルターと初めて出会った日に言われた言葉。

——後にも先にもただ一人の、俺が心底信頼を寄せていた奴に、な。側に置きたいと思う理由なぞ、それだけで十分すぎる。

その一人の正体は、もしかしてアメリア・メセルディアではないのかと。

何故か、そんな考えが浮かんだ。

けれど、次の瞬間にはその考えが一人の少年の表情に上書きされる。

そしてやって来る、懐かしい言葉の数々。

『――散々な人生だ』『生きる理由なんてものはない。ただ、惰性に生きてきただけ』『自由なんてものは用意されていない』『僕は王族なんてものに生まれたくなかった』『心底羨《うらや》ましい。他の者達が』『なぁ、剣士は楽しいか？』『僕も、なれるだろうか』『剣を、学んでみたい』『貴女の父上は高名な騎士と僕の耳にも入ってきていたが』『やめておいた方がいい？　それはどうして？』『厳しいから？　それは当然じゃないのか？』『なぁ、アメリア――』

『――いつか、僕に剣を教えて欲しい。貴女のような自由な剣士に、僕もなりたいから』

――そしていつの日か、隣で。

一瞬にして脳裏に沸き立ったイメージ。

当時の光景、匂い、感触。

全てが鮮明に蘇る。

一瞬後には何一つ、欠片すら残らない儚いイメージは泡沫の如く消え失せた。

しかし、私からすればそれだけでもあまりに十分過ぎた。

「…………」

その一人の正体が、お陰でどうでもよく思えてしまう。

たとえ理由が何であれ、何でもいいじゃないか。今の私は、ヴァルターの護衛。

それ以上でもそれ以下でもない。

それで十分じゃないか。

これは贖罪だ。罪滅ぼしだ。

守ると言いながら守り切れなかった私の。

『……ご随意にどうぞ』

約束を何一つ守れなかった、私の。

臣下として言うべき事は言った。

ならば後は、付き従い、己に出来る限りの事をする。私に残された選択肢は本当にそれくらい。

だから。

「俺の勘はよく当たるんだ」

「……そうですか。でしたら、もう私からは何も言いません」

けらけらと面白おかしそうに笑うヴァルターに付き従う事にした。

「ご随意にどうぞ」

アメリア・メセルディアの口癖であった一言を、残して。

「ガヴァリス」

「んぁ？」

「どうにも、スェベリア王が出張ってくるらしいぞ」

「……おいおい。そろそろ誰かしら出てくるとは思っていたが、よりにもよってスェベリアの餓鬼かよ。サテリカのジジイ共もすっかり耄碌《もうろく》しちまったな」

広がる原野――枯れた大地。

無骨に角ばった岩に腰掛け、パンを齧《かじ》り、咀嚼する男の名はガヴァリス。

〝鬼火のガヴァリス〟と呼ばれる元帝国軍人の男である。

そして、そんな彼に話しかける男の名はフェリド。帝国に籍を置いていた頃、ガヴァリスの副官として活躍していた人物である。

「だが、オレらからすれば好都合だ。思いあがったスェベリアの餓鬼を殺せば晴れて戦争突入だからな。スェベリアとサテリカが争い、疲弊したところを狙ってオレらが仕掛ける――勿論、帝国兵としてだ。そこで無視出来ない程の武功をあげりゃ、上の連中もオレを再び迎えざるを得んだろ」

「……しかし、ガヴァリス。相手はあのスェベリア王だぞ？　そう簡単に殺せる相手ではないと思うが」

「問題ねえよ。確かに強えのかもしれん。だが、所詮は餓鬼だ。所詮は、〝鬼才〟に憧れただけの馬鹿な餓鬼だ。苦戦はするだろうが、間違っても殺せない相手じゃねえ。強いだけで生き残れる程、この世界は甘かねえよ」

「……〝鬼才〟？」

「おっと、テメェは知らなかったか？　もう、17年も前か。スェベリアに〝鬼才〟なんて異名を付けられた奴がいてな。オレと同様、戦力の向上を図った帝国上層部の連中から引き抜きの声が掛かる予定だった人間だ」

現在、トラフ帝国にて将軍位や首脳として挙げられる人間の実に半数は17年前から行われてきた引き抜きによって帝国に身を寄せた者達である。

そして、将軍位を以前まで賜っていたガヴァリスもまた、その一人であった。

「名を、アメリア・メセルディア」

「……アメリア？　女性、なのか？」

「らしいぜ。オレは見た事ねえがな。風の噂じゃあ、スェベリアきっての武闘派貴族、メセルディア侯爵家の最高傑作だ、マナを使い7人相手に一人で大立ち回りをしただ、一振りで地面を割っただ、馬鹿みてえな噂ばかり残してたヤツだったな」

「……だから、目を付けた、と」

「とはいえ、引き抜きの話は結局、お釈迦になっちまったがな」

「それはどうして」

「死んだからさ。政争に巻き込まれた当時の第三王子を庇って死んだ。つまりあの餓鬼をな。ただそれだけ。だからこそ、きっとあの餓鬼は憧れてるんだろうよ」

国の頭たる王にもかかわらず、剣を握り、武威を証明し続けている。

それは実力主義を謳うスェベリアの方針を誰しもに示す為と言われているが、ガヴァリスはそう考えてはいなかった。

「アメリアという騎士に、な。故に剣を握っている。大方、もう守られるだけじゃねえ。もう誰も失わねえ。そんな考えを念頭に置いてるんだろうなァ……く、はは、はははははっ！　ははははハハハハ!!!」

ガヴァリスは哂《わら》う。

一部からは賢王とまで呼ばれるヴァルターをこれ以上なく嘲笑う。

腹を抱えて破顔し、嘲弄する。

「ほんっと、笑わせてくれるぜあの餓鬼はよ。オレの言いてえ事がテメェにゃ分かるだろう？　フエリド!!　そんな餓鬼は怖くねえのさ！　だからあの餓鬼をオレは殺せると断じられるのさ!!」

「……成る程、な」

「一人で何もかも出来ると信じて疑わない。そして実際にしようと試みる。そう考える思い上がった馬鹿は、オレらからすりゃただのカモだ」

武威を示そうとする。

己の存在意義を証明しようとする。

何故ならば、その身はある一人の人間に守られたものであるから。己を守ってくれた人間の死は、決して無意味なものではないとヴァルター・ヴィア・スェベリアは誰よりも証明したいから。

だからこそ、生き急ぐ。

「他の奴らに伝えておけ。盛大な祭りが始まる、とな」

＊　＊　＊　＊　＊

「〝鬼火のガヴァリス〟でしたか」

ポツリと、私は呟いた。

黒の外套をすっぽりと頭から被り、走って移動をする6人の集団。

傍目から見れば怪しさしかないその集団に、私とヴァルターは紛れ込んでいた。

言わずもがな、今し方呟いた〝鬼火のガヴァリス〟と呼ばれる人物の討伐を行う為に。

「……そこまで厄介な人間なんですか？」

私は隣を走るクライグさんにそう尋ねる。

「やるならとっととやった方がいい」というヴァルターの意見もあり、サテリカ王であるディランさんとのやり取りを終えた後、息をつく間すら惜しんで向かっているわけなのだが、そのせいで討伐対象についての情報も私だけが得ていなかったというわけである。

故に、こうして向かう道中にて疑問を解消するべく私は尋ねていた。

「〝鬼火〟単身であれば問題はありません。ただ——」

「——〝鬼火〟の副官だった男や、そいつと共に帝国を後にしたかつての部下共が合わさっているから厄介なんだろうよ。〝狼鬼隊《ろうきたい》〟だったか。〝鬼火〟の部隊はそんな異名を付けられる程厄介な部隊だったと聞いてる」

そして、疑問に対しヴァルターが答えた。

ヴァルター、意外に詳しいんだと思いながらも、ふぅんと耳にした言葉を頭にインプット。にしても張り切っているのか、彼はといえば先へ先へと我先に進んでいた筈だというのに、気づけば私のすぐ隣にいた。

進む速度を緩めてくれたのだろう。

……こうしていざ、走ってみて分かったのだが、私の身体能力の劣化は思った以上に著しい。

ヴァルターだけにとどまらず、クライグさんを始めとした他のサテリカの方からも私という存在に気を遣われている事は一目瞭然。

だから、出直してユリウスなりライバードさんなりを私の代わりとして連れてくれれば良いのにって言ったんだよ。

と、王宮を後にする直前にヴァルターに対し、意見していた際の言葉を思い返す。

にべもなく理不尽に却下された記憶はまだ新しい。

「成る程。でしたら、さっさと頭《かしら》を潰すべきですね。それで、誰が頭を潰すんですか？」

ここでいう頭とは、リーダー若しくは対象の集団の頭脳的存在のどちらか。

どれだけ早い段階で頭を潰せるかどうか。

それが今回の討伐の命運を分けるだろう。

「そこは勿論、臨機応変でいくしかないでしょうなあ。下手に物事を決め過ぎていてもまずいでしょうからねえ」

決め過ぎていたせいでそこに固執し、それが致命的なミスに繋《つな》がった。という話は別に珍しいものでもない。

「……それもそうですね」

だからこそ、少しばかり大丈夫なの？　これ。って気持ちも僅かながらあったものの、私は首肯した。

先の問い掛けには一応、これはあくまでもサテリカの問題なのだから、一番厄介そうなヤツをこっちに回すなよ。という牽制もあったのだが、見事に失敗に終わっていた。

「そういえば今更ですけどもまだ、お嬢さんのお名前を伺っていませんでしたね」

「……あぁ、申し遅れました。フローラ・ウェイベイアと申します」

「ウェイベイア、というと伯爵家の、あのウェイベイアで？」

「あのが、何を指すのかは存じ上げませんが、ウェイベイア伯爵家でしたら私の生家になりますね」

ヴァルターの口からではあったが、クライグさんの名前を耳にしておきながら未だ私は自己紹介の一つすら終えてなかった事に漸く気付く。

「……いえ、てっきり武家の御息女とばかり思っていたものでして」

ウェイベイア伯爵家は前世の生家であるメセルディア侯爵家とは異なり、主に文官を輩出する御家であった。

身体的な能力も、あまり自覚はないけれど意外と血筋に引っ張られているのかもしれない。

そんな事を考える私をよそに、信じられないものを見たと言わんばかりの視線を向けてくる人間がクライグさんを含めて４人。

それはヴァルターと私を除いた全員であった。

……言いたい事があるなら言葉にしてよ。

と、ジト目を向けると見事に全員が私から目を逸らし始める。おい。

「……いえ、よく息一つ切らす事なく付いてこられるなあと思いまして」

「それは皆さんがペースを落としてくれているからで」

「多少はまぁ、ですけど……」

事実を言っただけの筈なのに何故かクライグさんはうーんと難しい顔をして唸り始める。

何かおかしな事を言っただろうかと思うも、心当たりはない。

そんな折。

――軽く流してるとはいえ、世界に武を轟かせるスェベリア王や、サテリカの精鋭と比べられる位置にいるという事実にフローラさんは気付いてないいんですかねえ。

なんて言葉が小声で私の鼓膜を揺らす。

思わず、私の額に冷や汗が流れたような、そんな錯覚に見舞われた。

「…………」

一応、私は嗜み程度に剣を扱えるだけの令嬢扱いである。

今更でしかないけれど、色々と過去を隠すにせよ周囲への気回しや取り繕いがガバガバではないかと今更ながらに気付くも、ここで「……疲れてきたかもしれません」などと言おうものならば更に怪しまれる事請け合いだ。

なのでひとまず。

「……父にある程度仕込まれたので」

父親のせいにする事にした。

そもそも、全ての事の発端はあの父親のせいである。面倒ごとは全て父親に押し付けておこう。

私の心境は全会一致でそう決まった。


『簡単なハンドサインを決めておきましょう』

不意に、映像が重なり合う。

過去と、現在。本来は重なり合う筈のない記憶が交錯し、私の瞳に映し出される過去の思い出に一人懐かしむ。やって来た一瞬の懐古を前に私は思わず破顔した。続くように聞こえてきたそれは、まごう事なき私の声であったから。

『敵を探知したらこの合図。一人ならこれ。二人ならこれ。3人以上ならこれ。加えてやって来る方角が右なら……って、殿下。……私の話、ちゃんと聞いてますか？』

魔力の探知に長けていたヴァルターの能力を知るや否や、私は何よりも先に彼へ簡単なハンドサインを教えていた。

あの時は敵側に声に出してしまうと、小声であってもそれを聞き取るような地獄耳を持ったヤツがいたからこそ、私はまず先にハンドサインを彼に教えていた。

指で矢印を作り、数を知らせる。

やって来る方角が右からなら右手で。

左からなら——左手で。

ほんと、それだけのその場凌ぎでしかない急拵えのハンドサイン。だったのに。

「——」

並の兵士では十数秒で姿が見えなくなってしまうような速度で移動を続ける事約数十分。

あと少しで国境付近、といったところで皆より少し前を走るヴァルターが突如として左の手で私達に見えるように矢印を作った。

人差し指と、中指の二本を使った矢印。

つまり、左方向から二人来る、という合図。

……まだそんな安易なハンドサイン使ってるのかよと、そう思った。

そして、何の打ち合わせもしてないのにそのハンドサインで分かるもんか。使うなら予め言っておけよと胸中にてヴァルターを責め立てる。

けれど。

「フローラ殿?」

身体は反射的に動いていていた。

塊になって動いていたにもかかわらず、突としてその集団から左に逸れ、外れた私に対してどうかしたのかと尋ねるクライグさんに言葉を返す事もなく腰に下げていた無銘の剣を抜く。

即座に纏わせるマナ。

青白に輝き始める剣身を目にし、どこからともなく驚きの声が上がる。

そして続け様、木陰から舌を打ち鳴らす音が聞こえて来た。

「ち、ィっ——!! まず、ぃッ!! 場所がバレてやがるッ!!!」

数は2。

姿を現した男達は私と同様、顔を隠す為か外套を着込んでいた。

声から判断するに男なのだろう。

手には短刀が握られ、足下には薄らと魔法陣が浮かび上がっている。成る程、魔法使いか。

魔法陣は未だ不完全。

恐らく、ヴァルターの探知があまりに迅速を極め過ぎていたのだろう。故に、魔法発動までの時間が絶対的に足りていない。

「……流石はヴァルター」

彼の魔力に対する聡さのお陰でまるで此方は透視でもしているかのような動きが出来る。

隠形をしていようが、全てお見通し。

相手からすれば本当に理不尽の塊だよなあと思いながら、私は足に力を込める。

巡らせる魔力。

マナとして纏わせ——思い切り土塊を蹴り飛ばし、肉薄を開始。

淡く輝く青光は剣身どころか、足下にまで及んだ。

「マナ使いか……！　だが、単身で向かってくるってんなら――」

「遅い」

男が言葉を口にし、身構えた時。

既に私は背後に回り込み、得物を手にする右腕を振るい始めていた。

目に映るは見覚えのある服。帝国所属を示す軍服であった。

ならば、容赦はいらないか、と判断。

「ん、なッ――!?」

肩越しに振り返ろうとする男の行動を待たず、一振り――一閃。

ごり、と骨を削る感触が剣越しに己の手にまで届いた。あまり気分の良いものではないが、人死に感傷的になる年頃はとうの昔に過ぎている。

容赦を覚えてしまえばそれだけ己の周囲に危険が付き纏う。その事実を私は誰よりも知悉していた。故に、血飛沫《ちしぶき》を噴き散らしながら崩れ落ちる男を一瞥すらする事なく捨て置き、続け様、左足を軸として身体を旋回。

「き、さまあああぁぁァアアッ!!!」

猛り吼えるもう一人の男が立ち向かってくるも、直線的過ぎるその行動に侮蔑の感情を向けながら脚撃。

その一撃は丁度、ピンポイントに頸椎に入り込んだ。次いで、ボキリ、と鈍い音を立て、苦しそうに喘ぎながらまた一人と倒れ込む。

「……呆気ない」

動いた事でズレてしまった外套を被り直しながら、そう呟く私に対し、

「お見事、ですなあ」

いつの間にやら足を止めていたクライグさんが労いの言葉を掛けてくれていた。

「いえ。末端の人間でしょうし、このくらい」

「だからと言ってああも無駄なく二人を瞬殺出来る人間はそう多くはおりませんでしょう。いやはや、強いとは思っていましたが、よもやここまでとは」

マナ使いであれば誰でも瞬殺出来そうな人を二人始末した程度で褒められてはこう、胸の奥が無性に擽ったく思えてしまう。

「安心して背中を任せられそうです。——それで、ヴァルター殿」

怪我でも与えられたならば上出来。

そんな考えで当て馬のような役割を負っていたであろう二人の男を私に任せ、先へと駆け走っていた筈のヴァルターはいつの間にやら引き返していたようだ。

「敵の数は幾ら程でしたかね」

「ざっと30から40ってところだ。一人頭7人といったところか」

どうにも、クライグさんはヴァルターの特技を知っているらしい。

ヴァルターの特技は魔力を察知する事。

しかし、その特技には唯一欠点が存在し、それがある一定距離まで近づかなければ察知出来ないというもの。

先程のハンドサインも、ギリギリだった理由がこの欠点故、である。

「……少しだけ、多いやもしれませんねえ」

つまりそれは、手に負えないかもしれない。

そう言っているも同義であった。

「ああ。だから、〝鬼火〟とその副官を相手する奴を決めておいた方がいい。向こうは既に備えはしているとでも言いたいのか。此方の存在に薄々は分かってるだろうに、動こうともしない。身内が二人、殺されているのに、だ」

迎え撃つ準備は万端、という事なのだろう。

そして、向こうは此方を殺し切る自信もある、と。だから、悠長に構えてるのだろうとヴァルターは言外に言っていた。

「それでは」

そう言ってクライグさんはサテリカから連れて来た残り3人のマナ使いに目をやり、何かを言おうと試みるも、

「——だから、俺とフローラの二人で〝鬼火〟とその副官を始末する。なに、心配はいらん。フローラの実力は先程見ていた通りだ」

「……いえ、ですがヴァルター殿」

ヴァルターが言葉を遮り、被せる。

それに対して口を挟んだのはクライグさん、ではなく、今の今まで一度として声を出していなかったサテリカ所属のマナ使いの男であった。それはあまりにまずいのではないのか、と。きっと彼は言おうとしてくれたのだろう。

しかし、ヴァルターはその言葉すらも封殺。

「手に負えないと判断したからこそ、俺に助力を乞うたのだろうが。だったら、大人しく任せておけ」

「ですが……っ」

協力してみんなで力を合わせて倒す。

そんな事が無理である事くらい、つい最近まで護衛をひたすらに拒んでいたヴァルターの行動を考えれば一目瞭然だろうに。

力を借りたい。

けれど、可能な限り、危険な目には遭わせたくない。という矛盾を抱えた上での諫言には一片として説得力は帯びていない。

ヴァルターを説得するのが不可能な事は私にすら容易に理解が出来てしまう。

そんな彼を見かねてなのか。

今度はまた、クライグさんが問い掛ける。

「ヴァルター殿。もし仮に、貴殿とフローラ殿の二人で〝鬼火〟と副官であるフェリドを相手にしたとして。勝算は如何程でしょう?」

「く、はっ。くはははっ……」

何故か笑う。

笑うところなんてものはどこにもなかっただろうに、何故かヴァルターはクライグさんの言葉に対し、破顔していた。

「全く。全く以て――愚問だな」

そして、アホらしいと言わんばかりに吐き捨てる。

「そもそも、そこらの雑草を踏み潰すだけだというのにどうして勝率なんてものを答えなければならない?」

しかし。

幾ら何でも慢心が過ぎる。過信しすぎだ。

私を含め、この場にいたヴァルターを除く5人の心境は期せずして一致していた。

私だけはその言葉に対し、どことなく引っかかりを覚えていた。

どうしてか、どこかでその傲慢すぎるセリフを聞いたような覚えがあるのだ。

「気から負けてどうする。殺すべき相手であれば、このくらいの大口を叩いて然るべきだ……俺は、そう教わったがな」

そこで漸く私は思い出す。

確か、幼少の頃のヴァルターを王宮からメセルディア侯爵領へ逃す際、不安そうな表情を浮かべるヴァルターに対し、そんな大口を平気な顔して叩いていた馬鹿な奴がいたのだ。

だから、何も心配する事はないと言葉を続ける為に、そんな大口を叩いたドアホが。

…………私だよクソが。

思わず比喩抜きに顔から火が出るかと思った。

「それに、ここにいる人間の中であれば恐らく俺が一番腕が立つ。そうだろう？　クライグ・レイガード。ならば、俺が一番厄介な人間を相手にする。当然の帰結だ」

「そう言われては、もう何も言えませんなあ」

「なら、決まりだな」

ヴァルターは背を向ける。

木々が生い茂る森を抜けた先にある荒野。

そこが〝鬼火のガヴァリス〟達が拠点としている場所であり、帝国との国境付近にあたる。

「さぁ、て、と。そうと決まったら早いところ終わらせようか」

コキ、コキと首を左右に曲げて骨を鳴らし、ぐっと力を込めてヴァルターは一度伸びをした。

「頼りにしてるぞ、アメリア」

「私は陛下の護衛ですからね。与えられた役目を果たすだ——け、え？」

顔から表情が抜け落ちる。

……待って。今こいつ、私の事をアメリアって言わなかった？

「あ、の、陛下？　……いまの、は」

「ぼさっとするな。置いてくぞ」

「え？　ちょ、ま——」

絶対アメリアだったよね？

フローラじゃなくてアメリアだったよね？

え？　え？　どういう事？

疑念で頭の中は埋め尽くされていたが、雑念を抱いていてはこの後に支障が出ると知っているからこそ、一度、その考えを捨て置いた。

きっと私の聞き間違いだろう。

無理矢理にそう思わせ、自分自身を今だけは納得させる事にした。

十三話

森を抜けた先——そこには果てしない荒野が広がっていた。

次いで、立ち尽くす巨漢の男と、痩軀の男。合わせて二人の人間が私達の視界に映り込んだ。

「本当に、此処まで来ちまうとはな。なぁ？　ヴァルター・ヴィア・スェベリア」

野太い声が鼓膜を揺らす。

頭からすっぽりと顔を隠すように外套を被っていてこちらの事は見えていないはずだというのに、無精髭を生やした巨漢の男はそう宣っていた。

「此処に来るまでにオレの部下に会っただろう？　あいつら、オレの部下の中でも頭一つ抜けて隠《おん》形《ぎょう》に長けてるヤツらだったんだが、それを瞬殺……つまり、分かるだろォ？」

魔力探知に特別長けているヴァルターがいない限り、瞬殺はあり得ない。

男はそう言いたいのだろう。

つまり、あの二人組は当て馬であり、ヴァルターがやって来ているか否かを確認する為の判断材料でもあった、と。

しかしその場合、一点ばかり疑問が湧く。

そして丁度、抱いた疑問をヴァルターが代わりに尋ねてくれていた。

「まるで俺がいると知っていたと言わんばかりの口振りだな──〝鬼火〟」

成る程。

目の前の巨漢の男こそが件の元帝国軍人──〝鬼火のガヴァリス〟という事らしい。

煤けた軍服に身を包むその姿はどこか見窄《みすぼ》らしくあるものの、どうしてかその煤けた軍服を含め、〝鬼火のガヴァリス〟であるような。そんな奇妙な感想を我ながら抱いてしまった。

「そりゃ聞き捨てならねえなァ。だったら逆に聞いてやるよ。何でオレらがテメェの存在を知らねえと思った？　えぇ？」

幾ら何でも情報伝達が早過ぎる。

そう思う私であったが、頭の中で幾らあり得ないと否定しようとも、目の前の現実が覆る事の方がもっとあり得ない。その事実を理解しているからだろう。

思いの外、あっさりと聞こえて来る言葉を受け入れる事が出来た。

「ここまで言えば分かんだろ？　つまり──袋の鼠《ねずみ》っつーわけだ」

ガヴァリスは意気揚々と言葉を吐き捨てる。

己の勝利を信じて疑っていないのだろう。

直後、キィン、という親しみ深い金切音が耳朶を叩いた。足下に大きく広がる白銀色の魔法陣。

事前に準備していたのだろう。

魔法の発動があまりに迅速を極めていた。

目的は、拡散。

個々撃破を狙うつもりなのだろう。まるで躱して下さいと言わんばかりに展開された魔法陣を前に、そう結論付けた。

そして、わざわざこんな真似をするという事はつまり、彼らには個々撃破にすれば倒し切れるという自信がある、という事なのだろう。

「フローラ。お前、どっちに行く」

ヴァルターにそう問われる。

ガヴァリスか、副官のフェリドか。

お前はどちらを相手にしたいか、という問い掛けなのだろう。

「…………」

利那の逡巡。

「……では、〝鬼火〟を」

あの様子からしてガヴァリスはヴァルターを待ち望んでいたような節がある。

ヴァルターに対する何らかの対抗手段を手にしていると考えて間違いないないだろう。

ならば、臣下として選ぶべき選択肢はこれしかない。

「過保護だな」

「心配されたくないのなら、進んで前に出ようとしないで下さい」

楽観的に構え、笑うヴァルターに対し、私は呆れの感情を投げ付ける。

「手が欲しくなったらいつでも叫べよ。特別に俺が駆け付けてやろう」

「……それは私のセリフです」

臣下を助ける為に王が我が身一つで駆け付けるなぞ、聞いた事もない。

……どっちが過保護なんだか。

そんな事を思いながら、今や今やと発動を待ち望む魔法陣から逃げるように——散開。

直後。

ずど、んッ、と一度に留まらず連続して天から落雷のようなものが展開された魔法陣に向かって降り注ぐ。

起こる激震。響く轟音。視界を眩ませる雷光。

展開された魔法が合図だと言わんばかりに、周囲で魔法による隠形をしていたであろう者達の姿が続々とあらわとなった。

数にして約30。

しかしそれらをクライグさん達に全部任せ、私はマナを全身に巡らせて肉薄。

「オイオイ、オレの相手はスェベリアの餓鬼じゃねぇのかよォ!!! ったく、舐められたもんだなァ!?」

……うるっさ。

内心で毒づき、ぐっ、と一層外套を目深に被り直しながら狭い視界の中、私は目の前で煩く哮《たけ》る男を見遣った。

見た感じ、ヴァルター以外は誰も警戒はしていない典型的な慢心タイプ。

他の有象無象に負けるなどとは毛程も思っていないのだろう。

なら、十二分に倒せるか、と判断。

相手が慢心している今、斬り込みさえすれば、帝国の元将軍だろうと私にも十分勝機はある。

故に。

「よりにもよって、このオレ相手に真っ向からのサシだと!?　余程死にてぇらしい――」

緩慢な動作で剣を抜くガヴァリスを一瞥。

既に十分踏み込んだ。

私とガヴァリスの距離は約1メートルにまで詰まっている。ここならば、届くだろう。

「――ごちゃごちゃうっさいんだよ」

胸に抱いた感情を声に変えて、言葉を唾棄《だき》。

連動するように振り抜く――マナを纏った無銘の剣。覆う青光は否応なしに彼の目を惹いた。

「ぁ、ン?」

疑念に塗れた声だった。

あまりに洗練され過ぎたマナの扱い故か。女の声であったからか。己の想像を上回るナニカを目にしたからなのか。

答えは分からない。

けれどその瞬間、確かに私はガヴァリスという男の想像の上を行ったのだ。

そして響く――剣撃の音。

耳朶を容赦なく殴りつけてくる金属音が一度、二度と響き渡る。

散る火花。軋《きし》む擦過音。

剣撃の音が響くたび、マナの残滓《ざんし》である青光すらも飛沫のように視界に入り混じる。

「て、メェ」

間一髪、私の攻撃を防いだガヴァリスは忌々しそうに表情を歪め、距離を取ろうと後退を試みる。

しかし、私はそれを許さない。

踏み込み、前進。

距離を詰めながら、斬り上げる。

「……ん」

剣から手に伝う斬り裂いたという感触。

高速の連撃により、流石に対応し切れなかったのだろう。だが、与えたであろう傷はあまりに浅かった。

直後、ぴんっ、と鮮紅色の液体が続け様に飛び散るも、薄皮一枚程度と判断。

迸る青白の軌跡に目を若干細めながら、無銘の剣を握る右の手――ではなく、空いていた左の掌を焦燥に駆られるガヴァリスへ向ける。

「流石は元将軍。こちとら本気で剣を振るってるんだけどね。ここまで防がれちゃうってほんと、自信失うんだけど。……でも慢心は怖いねえ」

にたり、と酷薄に私は相貌を歪める。

アメリア・メセルディアといえば、メセルディアの鬼才と周囲から認知され、その異名で呼ばれる事が多くを占めていたが、付けられた異名は決してそれ一つではなかった。

特に、ユリウスや他の騎士が好んで呼んでいた異名の一つにこんなものがある。

――『歩く魔力砲台』。

本来、マナを扱うには恐ろしい精度の魔力操作の技術を必要とする為、マナを使いながらの魔法放出は原則、出来ないという常識が知られている。

書物曰く、ここ数百年の間でマナを使いながら魔力を放出する馬鹿げた真似が出来たのはたった一人。

アメリア・メセルディアただ一人。それ故に、付けられた異名が『初見殺し』。

最早、異名の大セール状態である。

「〝鬼火〟か、何だか知らないけど、ここであなたは退場」

ガヴァリスもマナを使えたのかもしれない。

だが、マナを使うには恐ろしいくらいの集中力を要する。こうも一瞬の間隙すら与えない猛攻の前に、マナへ集中力を注ぐ事はそれこそ、〝例外〟のような存在でない限りまず不可能。

バックステップで躱し続けていたガヴァリスは未だ足が地に着いておらず、表情を歪める事くらいしか出来ていない。

おまけに、火だ、水だ何だと凝った事をせず、私はただ魔力を衝撃波として撃ち出そうとしているだけなので発動に要する時間は僅か3秒。

「本当は剣の腕を戻しておきたいし、まともに相手をしてあげても良かったんだけど……今回はヴァルターがいるからさ。だから、ばいばい――魔力凝縮砲《マナバーン》」

青白の光が、眼前一帯を覆い尽くす。

次いで聞こえる轟音。

ぐじゅり、と肉が焼ける音が鼓膜を揺らした。

そして、青白の光により、視界が遮られる事約2秒。

余波により吹かれる颶風《ぐふう》に私は目を細めながら、ま、こんなもんでしょと魔力を放出した事により、独特の倦怠感に襲われながらも「終わった、終わった」と呟き、私は背を向ける。

しかし。

「……て、メェ、一体、何もんだ」

んー？　と、肩越しに振り返ると、そこには抉《えぐ》れた地面の上に一人の男が立っていた。

煤けた軍服は更に焼け焦げ、見るだけでも思わず顔を歪めてしまうような痛々しい傷痕が刻まれた肌が顔を覗かせる。

……あれぇ、直撃したよね？

と、自問――。

ガヴァリスという男の力量を私も測り損なった事に加え、魔力の量も含めて、自身の劣化が思いの外著しかった。と、自答。

……成る程、それなら道理だ。

慢心を突いた電光石火は失敗。

どうやらヴァルターの手助けにはまだ、私はいけないらしい。

＊　＊　＊　＊　＊

「咄嗟《とっさ》に魔力を眼前へそのまま撃ち出す事で直撃を避けた、か。顔に似合わず器用な奴だ」

野性味溢れるガヴァリスの獰猛《どうもう》な顔付きを貶しながらヴァルターは、ほぅ、と息を吐いた。

「とはいえ、あれはもう致命傷だろう」

見るも痛々しい傷痕を遠目から見遣りながらヴァルターはそう断じる。

少なくとも、無残に焼け焦げた両腕は最早、使い物にならないだろうと彼はガヴァリスを一人、哀れんでいた。

——いくら〝鬼火のガヴァリス〟であれ、あまりに相手が悪過ぎる。

そんな言葉を、彼は人知れず呟いた。

「何、だ、アイツは……」

目を剝き、声を震わせる男はガヴァリスの副官であった男——フェリドである。

それもそのはず。

先程、魔力凝縮砲《マナバーン》が放たれた場所はといえば、特大の自然災害にでも見舞われたのかと勘違いしてしまうような惨状が広がり、ゴッソリと地面は抉れていた。

しかも、その惨状を生み出した当の本人はといえば未だピンピンしており、剣を手にしたままガヴァリスと相対を続けている。

フェリドの反応は、普通の感性を持ち合わせた人間であれば当然のモノと言えた。

ただ――。

「俺を相手にしながら余所見《よそみ》とは、随分と余裕らしい」

「チィ――……ッ」

好機とばかりに袈裟懸《けさが》けに振り下ろされる刃。

それを紙一重で避けるフェリドに対して手首を返し、再度振り抜き――刺突。

びり、と衣服と刃が擦過したのか、切り裂かれた音が耳朶を掠める。

「助けになんぞ、行かせんさ。ガヴァリス《アレ》は踏み台だ。アメリアの為の、踏み台だ。サシの戦いを邪魔するなんて無粋はやめてくれよ。なぁ？」

ガヴァリスの動向に目を奪われるフェリドの前へ執拗にヴァルターは立ち塞がる。

「まともに〝鬼火〟の相手を出来る人間が俺しかいないと信じて疑わなかった。それが、お前らの敗因」

続け様、合わさる凶刃。

耳を劈《つんざ》く金属音が幾度となく響き渡るも、音に内包される苛烈さはどことなく薄ら。

その理由はきっと、ヴァルターが本気で己の前で機を窺うフェリドを倒そうとしていないから。

そしてフェリドはフェリドで、ヴァルターに対する決定打を持ち合わせていなかった。

それ故に、どこか一歩引いたような剣撃が何度も繰り出される羽目になっていた。

「だが、仮にお前らが二人掛かりで慢心を捨てて襲い掛かっていたとしても、結果は変わらなかっただろうな」

何故ならば。

「そもそも、土台無理な話なんだ。お前らが俺らに勝つなぞ。何より、相性が最悪過ぎる」

そう言って、ヴァルターは鼻で笑う。

彼からしてみれば、王宮で話を聞き及んだあの瞬間から、既に結果は見えていたのだ。

万が一すら入り込む余地なく、負ける筈がないと。そう確信をしていた。

「どんな策を講じていたのかは知らんし、知る気もない。しかしそれでも、お前らはその策に勝機を見出していたんだろうな」

——全く以て哀れと言う他ないが。

と言って、彼は言葉を吐き捨てた。

〝鬼火のガヴァリス〟

そう呼ばれるに至った経緯は、彼の持つ特殊なマナ。そして、副官であるフェリドの得意とする魔法——幻惑魔法が起因となっていた。

本来、マナは総じて青白い色をしている、という常識が世間に浸透している。

しかし、稀にその常識の枠に収まらない人間がいるのだ。そしてその代表格のような人物こそが、〝鬼火のガヴァリス〟であった。

幻惑に視界を惑わされる中、ガヴァリス特有の赤く輝くマナだけが存在感を主張し、ゆらりゆらりと風にでも吹かれ、燃え盛るかのような軌跡だけを残して対象を斬り裂いて行く。

そんな様を見て、誰かが言ったのだ。

まるでそれは、〝鬼火〟のようだ、と。

故に、〝鬼火のガヴァリス〟。

しかし、世の中には一定数、幻惑魔法が全く意味をなさない者達がいる。

例えば、魔力に対して恐ろしく聡い人間――ヴァルターや、幻惑云々関係なく、立ち塞がった事象を根本から蹴散らせるような馬鹿げた力の持ち主など。だからこそ、その例外に当て嵌まるヴァルターに対し、フェリドは何も出来ない。

幻惑魔法を行使したところで、魔力の浪費であると分かってしまっているから。

「見立てが甘かったな」

「……確かに。あのスェベリア王が誰かと肩を並べて戦おうとするとは、此方は思ってもみなかった」

耳打ちをし、ガヴァリスの相手を進んで譲ったあの光景故の言葉なのだろう。

「失礼なヤツだ。俺にだって肩を並べて戦いたいヤツの一人くらいいる」

「それがあの者であると?」

「ああ、そうだ。あいつならば、俺は寝首をかかれて殺されても文句は言わない。……そんな人間でなければ、そもそも俺は自分の側に置かんがな」

行き過ぎた信頼。

ヴァルターの言葉を他の誰が聞こうとも、間違いなく口を揃えてそう述べた事だろう。

しかし、だ。

彼にとって淵源にあたる想いをもし仮にフェリドが知っていたならば、その考えは覆っていたかもしれない。

「笑いたいなら笑えばいい。愚かしいと思うなら好きなだけ蔑めばいい。たった一人の人間の為に。そいつと他の誰かを同列に扱いたくないという馬鹿げた考え一つの為だけに、護衛を拒み続けた俺を嘲笑いたいのならば、な」

始まりは、自責と贖罪であった。

己の弱さが、アメリア・メセルディアという騎士を殺したのだという自責。

『アメリア・メセルディアという騎士が愚か者であったと蔑まれたくなければ、その身で証明して見せろ。ヴァルター・ヴィア・スェベリアには確かに、命を賭けて守るだけの価値があったと、誰もに認めさせてみせろ』

剣の師から告げられたその言葉から始まった終わりの見えない長い、長い贖罪。

そしてそれを17年もの時間を掛けて己の中に刻み続けてきた愚かしい人間。

それが、ヴァルター・ヴィア・スェベリア。

その誓いは——あまりに重い。

「ただ、過去含め、アイツだけはもう誰にも笑わせんよ」

女だからと言って、笑われる事も。

側室の子であるからと笑われる事もない国を。

生まれた瞬間から笑われる運命にあるなぞ、あまりに馬鹿らし過ぎる。

それはあまりに、理不尽過ぎる。

故に、否定をした。

故に、否定をする。

己が生き様を、以てして。

「だからこそ——立ち塞がらせて貰おうか。臣下には、花を持たせてやりたいんだ。分かるだろう？」

喜悦に口角を歪ませ、剣の切っ尖《さき》を向けるヴァルターとは裏腹に、フェリドの表情は険しい。

つまりそれは、フェリドが諦念を抱いてしまっているという事実をありありと示していた。

＊　＊　＊　＊

「——ウェイベイア伯爵家が嫡女、フローラ・ウェイベイア」

「聞いた、事もねえ」

そりゃそうだろうねと思う。

何故ならば今日、この瞬間までフローラ・ウェイベイアは一度として剣士として表舞台へ姿を現した事はなかったから。

そして、既に相貌を隠し、己の正体を不詳とする機能を完全に失ったと判断した私は目深に被っていたフードを脱ぎながら名乗る。

「……オイオイ、まじで女かよ。ったく……」

あらわになる私の相貌。

外套に押し込んでいた髪を外気にさらけ出しながら一度、かぶりを振る。

やってきた言葉は聞き慣れたモノ。

しかし、侮辱というよりそれは勘弁してくれ、といった意味合いで言い放たれたものなのだろう。

ひどく顔を顰めるガヴァリスの表情からそう察する事が出来た。

「何か不都合でも？」

「あるに決まってんだろうが」

あえてそう聞いてやると即座に返事がくる。

軽薄な笑みを浮かべながら、最早使い物にならないだろう、火傷痕《やけど》が刻まれた両腕をガヴァリスは見遣りながら――直後、赤の光が薄らと帯びる。

転瞬、ざり、と砂を蹴る音と共に私の視界からガヴァリスの姿が化かされでもしたかのように掻き消えた。

発声源が眼前から——背後へ移動。

「女相手に致命傷を負った挙句、不意をついたとも知られりゃオレの格が下がっちまうだろうがッ!? えぇッ!!?」

乱暴に叫び散らされる怒声。

そこに、当初の慢心は最早一片とて混じり込んでいない。逼迫するこの状況がガヴァリスから余裕を根こそぎ奪っていったのだろう。

しかし。

「ざぁんねん。それ、見えてるよ」

振り返りざまに、一閃。

ガキンッ、と甲高い金属音と共にどちらともなく弾かれ、数多の火花が視界に映り込む。

膂力の差は火を見るより明らか。

にもかかわらず、ガヴァリスの振るう一撃は華奢な細腕から繰り出された私の剣に対し攻め切れない。両腕の負傷を踏まえても、おかしいと。恐らくガヴァリスはそんな疑問を抱いたのだろう。

「テメェ……やっぱり、見た目通りの年齢じゃねえな?」

そんな疑問が聞こえてきた。

剣を合わせているとはいえ、随分と聡いなと思う。ただ、歳はどうでもいいだろうがと若干の怒りを表情の端々に散りばめながら、私は二度、三度と立て続けに剣を振るう。

「技術と見た目がちぐはぐ過ぎん、だよッ!!」

ガヴァリスもそれに応戦。

本来であれば動かす事すら不可能だろうに、マナを巡らせた事により、黒焦げた両腕が辛うじて機能している。

マナとは身体能力を飛躍的に向上させる効果がある。つまり、活性化。

私自身もマナの使い手である為、そのざまじゃ、動かす代償としてひどい激痛に襲われてるだろうにと哀れみながらも、ふぅん、とその様を一瞥。

「だから?」

そして先の言葉に対し、嘲笑で返す。

「ったく、まじでやり辛えなァ、オイッ!!!」

動揺でも誘っていたのだろうか。

気丈に振る舞う為か、ガヴァリスは獰猛に笑んでいたが、落胆めいた感情が見え隠れしていた。

動揺なんて、する筈がない。

……勿論、当初は己が前世の記憶を持った稀有な人間であるという事実を隠そうと思っていたし、それに従って行動をしていた。

それは確かな事実に他ならない。

けれど、過去が知られたからどうなるというのか。私は私。どこまでも、ただそれだけ。

このやり取りのせいで私が訳ありであるという事実は間違いなくヴァルターに露見してしまって

いる。ならば――

「一応私、対人の経験は人一倍あるからねぇ」

――ならば、この場に限り、やりたい放題させて貰おう。

嫌らしい戦い方が染み込んでるだろうし、物凄く戦い辛いだろうねーと言葉を付け足しながらガヴァリスに倣《なら》うように私は獰猛な笑みを浮かべる。

これでも、メセルディアの嫡女として騎士団に入った当時は毎日のように因縁付けられては決闘騒ぎを起こしていた問題児である。

冗談抜きに、対人経験は歴代の騎士の中でも一、二を争うのではないだろうか。

「瞳の動き。腕の振り方。爪先の向き。呼気の間隔。それだけ見えてれば次の動作なんて予測出来る。当然でしょ？」

「ハッ、えらく大口を叩くじゃねぇかッ!!　じゃあこれはどう対処するよ!!　フローラ・ウェイベイアァァァアア!!!」

ガヴァリスが威勢よく叫び散らす。

しかし、次に起こした行動は言動とは正反対。

感情に任せて突撃――ではなく、仕切り直しと言わんばかりに飛び退き、私から距離を取る事であった。

そして、程なくガヴァリスの両腕に纏わりついていた赤い輝きが消滅。

何かが来る。

そう思った直後であった。

突として展開される――焔を想起させる魔法陣。それに連動するように私の鼓膜を一つの声が揺らす。

「吠えろ――〝炎狼《カグツチ》〟ッ!!!」

言葉と共に、ゴゥ、と音を立てて魔法陣から何かが燃え盛る。灼けるような熱さが風に運ばれ、私の肌を撫でた。次いで形成されるシルエット。

それはまるで狼のようであった。

瞳に映るその数は、10と少し。

陽炎のようにその姿は揺らぐ。

「悪ぃが剣は見限らせて貰った!!　この腕じゃ万が一にも勝てやしねえ!!!」

剣では勝てないと悟るや否や、剣という土俵から自ら降り、他の手段へと舵を切る。

実に思い切りがいい。本心からそう思った。

ただ――。

「……でも剣士相手にそれは悪手でしょ」

マナを解除し、魔法を行使する。

平時であればそれで何も問題はなかっただろうが、今は違う。

ガヴァリスの両腕はマナがなければまともに動かす事も出来ないような状態だ。

これでは踏み込まれ、距離を詰められでもすれば一巻の終わりである。馬鹿じゃないのって言葉が喉元付近まで出かかってしまった私は悪くない。

「文句があんならこれを味わってからほざきやがれッ!!!」

言葉を吐き散らしながら大仰に両腕を広げる。

私の何気ない小さな呟きは彼の耳に届いていたのだろう。ほんの少しだけこめかみに青筋が浮かんでいた。

「……いや、だって……普通はそう思うじゃん。

魔法師は優秀な前衛がいなければ機能しない。

それはまごう事なき常識なのだから。

「……はいはい」

呆れ混じりに頷く。

そんな、折だった。

10と少しの数しかいなかった狼のようなシルエットがぐにゃりと大きく揺らぐ。

「……ん?」

次の瞬間、遠吠えのような鳴き声と共に揺らぐ炎が――狼を象った姿が、二つに分離し、数が倍加。

そしてそれが重なり、重なり、重なり――繰り返されて。際限を知らないとばかりに増え続け、眼前一帯を〝炎狼〟と呼ばれていた魔法によって埋め尽くされる。

気付けば、10と少ししか存在していなかった筈が、その数は優に100を超えていた。

「四方、八方――」

周囲を見渡せば、私は〝炎狼《カグツチ》〟とやらに間断なく取り囲まれていて。

発せられる熱気のようなものに、ピリピリと肌が焼かれる。

「――喰らい尽くせ、〝炎狼《カグツチ》〟」

鼓膜を揺らす遠吠え。

瞳に映り込む陽炎――無数の〝炎狼《カグツチ》〟。これが幻影であると言われても信じて疑わないような幻想風景がそこには広がっていた。

「流石は……元将軍さん」

もし、当初より慢心を捨てて相対していたならば、私も危なかったかもしれない。

何より、目の前の男――ガヴァリスの年齢の目算は恐らく、40過ぎ。

全盛はとうの昔に過ぎている筈だ。

私と全く同じ条件で剣を合わせていたならば、きっと結果は違った事だろうに。

そんな言っても仕方のないような同情の念を向けながら私は、柄を握る手に力を込めた。

「だけど、もうやられてあげるわけにはいかないんだよねこれが」

自嘲気味に笑いながら、私は言う。

「何より、同じ人間に自分の死に目を二度も味わわせるとか、私もそこまで鬼畜じゃないし」

聞き間違いだったかどうかはまだ分からないけど、もし仮に私の事をアメリアと認識している場合。そんな事をしてしまえばきっと私は呪い殺されでもするだろう。

だって、私がヴァルターの立場だったなら、私は迷わず呪うだろうし。

「だから、さ、早いところ——もう、終わりにさせて貰うね」

マナを纏っているが為に青白く輝く無銘の剣。

その光に視線を向け、僅かに目を細めながら、私は感情を削ぎ落とした声音で告げる。

「斬り裂けろ」

技だとか、そんな大層なものはない。

ただ、己が望んだ現象を実現させる為だけに、言葉を口にした。

「……は、ぁ……っ？」

横一文字に、一閃。

言葉に続かんと、真横に振るったひと振りは目の前で否応なしに存在感を強く主張していた〝炎狼《カグツチ》〟を。目の前に映る光景をただ一つの例外なく、断ち斬った。

聞こえる素っ頓狂な声。

それは、ガヴァリスのものであった。

今、まさに私に対して猛威を振るおうとしていたであろう〝炎狼《カグツチ》〟の大半がたったひと振りにより、上下に分断。直後、掻き消えてしまう。

そして、何より
「く、そが、っ……」

泣き別れるガヴァリスの上半身と、下半身。

口端から血を溢しながら険しい顔を此方へ向ける彼の表情が瞳に映っていた。

「良い師に恵まれていたなら、また結果は違っただろうにね」

――己にとって最大の敵は、己である。また、己にとって最大の味方も、同様に己なのだ。

それは、父の言葉。アメリア・メセルディアの父であった男の言葉。

『場数と経験が、己にとっての自信を構築する。しかし、それ故に慢心が生まれる。それ故に致命的な隙が生じる。だからこそ、己にとって最大の敵は、己であり、最大の味方もまた、己なのだ』

謙虚たれ。どこまでも。

それが、耳にタコが出来る程聞かされてきた父からの教えであった。

とはいえ、私の場合はただ単に自信を持つ機会に全くと言っていい程恵まれなかっただけなのだが、運も実力のうちなどという言葉もある。

「さよなら――〝鬼火のガヴァリス〟さん」

斬り裂いた眼前、ではなく、背後から迫っていた〝炎狼《カグツチ》〟の姿が大きく揺らぐ。

そしてそれは儚く薄れ、消えてゆく。

まるで、死にかけの己の主人――ガヴァリスの死期と同調でもするかのように。

「んー……」

私は小さく唸りながら、身体に纏わせていたマナを解除。そして左の掌をぐー、ぱー。と閉じて、開いてという動作を二度、三度と繰り返す。

「割とギリギリ、だったかも」

じん、と微かに痺れが残る手を見遣った。

マナを使用していたからこそ、その感覚はなかったが、先の数度のやり取りだけで私の細腕は限界近かったのだろう。胸中で危ない、危ないと言葉をこぼしながら私は苦笑い。

「偶々相性が良かったからいいものの……」

基本的に、保有する魔力を自身の戦闘スタイルの主軸として考えてる人達に対してであれば、私は優位に立つ事が出来る。

反対に、魔力の助けを必要とするどころか、剣一本でマナを扱う連中と同等の位置までのし上がったヤバいヤツらと私は相性が最悪だった。ちなみに、アメリア・メセルディアの父だった人間がそこにピッタリと合致する。おかげで勝てた試しなど一度として記憶にない。

そして、今の状態でそんなヤツらと相対出来るかな、なんて馬鹿な考えを脳裏に浮かべ——無理、と即座に答えを出す。

「やっぱ17年もアレはさぼり過ぎたかなあ」

あはは……、と空笑い。

アレとは言わずもがな、メセルディアに籍を置いていた頃のような地獄の特訓——ではなく、のほほんと過ごしていた日々の事である。

とはいえ、そのおかげでフィールのような友達を持てたので私としては悪くなかった。

そう、締め括る。

「これからも護衛を続けるのなら……鍛え直さなきゃ色々と厳しいねー……」

ま、死ぬよりはマシでしょ。と、私は自分を納得させる事にした。

その直後であった。

熱気を伴った風が私の髪を撫でる。

「このままやられたフリをしてくれさえすれば、見逃してあげても良かったのに」

馬鹿だねえと侮蔑の意を込めて呆れ混じりに言葉を発する。そして、ため息を一度。

次いで再度、腕と脚に向けてマナを巡らせた。

「いい、や……、せめて、テメェを道連れにでもしねぇとオレの気が済まねえッッ!!!」

声が聞こえた方へ振り返りざま、膝上と膝下でぱっくりと身体が泣き別れし、今にも死にそうな程、顔面を蒼白にしたガヴァリスが私の視界に映り込む。

足もないのにどうやって移動してるんだと疑問に思うも、よくよく見れば炎で出来た足がガヴァリスに生えているではないか。

……そんな事も出来るのッ!?

その諦めの悪さは最早、脱帽ものである。

だけれど。

「……まぁ、別に好きにしたらいいとは思うけど、立ち向かうだけが戦いじゃないよ」

これは流石に、舐めすぎだ。

体制を立て直し、機を窺う。

本気で倒したいと願うならば、一度限りの不意打ちではなく一旦、引き下がるべきであったのだ。

ただ、再度こうして剣を向けられたからには斬り捨てる他ないだろう。

そうでもしなければ、間違いなく収拾がつかないだろうから。

「それじゃあね。今度こそ――」

――終わりだよ。

そう告げようとしていた私であったが、そこに割り込む苦悶の声。

痛苦に塗れた声と共に、私の下へ迫っていたガヴァリスの身体が突如として反《そ》れた。

「ッ、ぐぁっ……!?」

「……私、助けなんて求めてないんですけど」

「遅過ぎる。グダグダやってないでさっさと終わらせろ」

その理由は、銀の髪を靡《なび》かせる男――ヴァルターの仕業であった。

背後からの、一撃。

ガヴァリスの身体からこぼれ落ちる赤い液体。

目にも留まらぬ速さで肉薄し、神速とも言える袈裟懸け――一閃。

その様を初めて目にし、誇張抜きでヴァルターってもしかして本当に強い……？

なんて感想を思わず抱いてしまう。

意識してなかった事が一番の理由だろうけど、速過ぎて殆ど残像しか目に入らなかった。

「あの、私、数日前までただの貴族令嬢だったんですけど……」

「知らん」

そんな私が将軍位にいた人間をここまで追い詰めてただけでも凄すぎない？

と、言外に訴えかけてみるも、無情に一蹴。

しかし、である。

ガヴァリスと戦いながら、ちらりとヴァルターの方を横目に確認した際、副官であるフェリドと彼らは彼らで剣を合わせていた筈である。

もしや、ほったらかしてこっちに来たんじゃないだろうなと思いながら確認。

視線の先には地面に倒れ伏し、既にくたばっているフェリドの姿があった。

……うそん。

「お前は危なっかしくて、とてもじゃないがおちおち見てられないな」

ぶん、と傘の水を払うような血振りの動作を行いながら、ヴァルターは責めるような視線で私に向かってそう言い放つ。

だから、私は剣士だった人間だけど、今はもう剣士じゃないんだってば。と、彼の理不尽過ぎる物言いに反論しようと試みて。

けれど、喉元付近にまで出かかった言葉を私はすんでのところで飲み込んだ。

その理由は至極単純で、理不尽な物言いながら、そこには私に対する気遣いのようなものが見て取れてしまったから。

そう私が自覚すると同時、そういえば、ヴァルターって〝ど〟が付く程の心配性だったっけ。と、ふと思い出す。

一人称も、見掛けの性格も、何もかも変わっちゃったと思っていたけれど、どうやらその部分だけは変わらなかったらしい。

「……何がおかしいんだ」

どうにも、その懐かしさを味わう内に私は微かに破顔していたらしい。

ヴァルターに指摘をされてその事実に気がつく。

「あぁ、いえ。別にこれと言って何もおかしくはないんですけど……」

私が知ってるヴァルターの性格が、17年経っても変わらずであった。

本当に、それだけの話。

でも、あえてここで一言言うならば。

「ただ、懐かしいなと思って」

「………」

ヴァルターは、何を言ってるんだお前。

みたいな表情を浮かべていたけれど、これぱっかりはおあいこと言う他ない。

要するに、お前だって私に過去を匂わせる発言をしただろうが。だからこのくらいの些細《ささい》な仕返しはあって当然でしょうが。という事である。

しかし、その理由を理解しているのは私だけ。

故に、ヴァルターがその真意に気付く事もなく、ただ、ただ、彼にとってよく分からない私の発言の意図に対し、ヴァルターが出来る事といえば、疑問を募らせるだけ。

いい気味だ。

そう思った私はきっと悪くない。

『僕も、貴女みたいに戦えたならばどれ程良かった事か』

そんな折、ふと、ある言葉が私の脳裏を過ぎった。それは穴だらけの私の記憶の中で、未だ鮮明に覚えていた言葉の一つ。

襲い来る理不尽に対して、満足に抗う術を持っていなかった少年の慟哭であった。

『――』

ただ、やはり記憶は朧気《おぼろげ》で。

私だけが戦い、果てに傷付いて。

なのにそんな中で、自分は守られるだけなのが悔しくてたまらないと。そんな事を彼は言ってたっけかなあ、と思い返していた。

『……戦えたならば、ですか』

『であれば、こうして足手纏いになる事もなかった。貴女の背中を守る事だって、出来た筈だ』

傷つく私を見ると彼は決まって悲しげに表情を歪めて、そして、申し訳なさそうに毎度の如くそんな言葉を紡いでいた。

本人にこういえば間違いなく怒っただろうけれど、ヴァルター・ヴィア・スェベリアという人間は、本当に、変わった人であった。

仮にも彼は王族である。

なのに、自分で戦って、誰かを守りたいと、さも当然のようにヴァルターはよく言っていた。

『殿下は、やはり変わっておられます』

生い立ちが生い立ちである為、王族らしい感性を彼が持ち合わせているとは思っていなかったが、それでも、そう言わざるを得なかった。

『…………』

そして、案の定というか。やはりむすっとした表情が返ってくる。怒っているとも言い表せる表情であった。

『剣を執る王族だなんて、聞いた事がありませんよ』

『……僕はあいつらと一緒は嫌なんだ。……それに、最低限自分の身くらいは自分で守れるようになりたい』

その一言に、ヴァルターという人の性格がこれ以上なく滲み出ていた。

ただ、彼の境遇を考えれば、そういった考えを持ってくれていた方が生きやすい事だろうと思ったのもまた事実。

『では、私の生家に着いたら父に一言、言っておきましょう』

『……貴女が教えてくれるわけではないのか』

どうしてか、どこか不満そうだった。

『剣だけであれば、私は父の足元にも及びませんから。基礎を学ぶのであればまずは父に師事をした方が間違いなく、良き剣士となれる事でしょう』

『貴女の父というと……』

『メセルディア侯爵家現当主。シャムロック・メセルディアですね。身内贔屓があるという自覚もありますが、それを踏まえた上でも私は父以上の剣士を知りません』

強さという意味でもそうだが、心構え一つとってもあれ以上の剣士はいないのではないだろうか。

『……なら、剣は貴女の父から学ばせて貰うとする。ただ、』

『ただ?』

『いつか、貴女からも剣を学ばせて貰いたい』

やってきたのは予想外としか形容しようがない言葉であった。

ヴァルターは知らなかったのだろうか。

女騎士がこの世界でどういった立ち位置に置かれているのか、を。

きっと、女から剣を学びたいと本気で宣う人間は世界広しといえど、彼くらいのものではないだろうか。

『……私から学べるものはありませんよ』

『謙遜はやめてくれ。僕は僕の目で見た上で、他でもない貴女からも学びたいと思ったんだ』

謙遜じゃないんだけどなぁと、私は視線を泳がせて、その言葉に対しては、困り顔で頭を掻くしか出来なかった。

そして、それから二、三言葉を交わしたのち、愚図っていた私に対してヴァルターが言ったのだ。

『貴女の剣を知っておきたい。知った上で、恩を返したい。今度は僕が貴女の背中を守りたいと思うこの感情は、傲慢が過ぎるだろうか』

『………』

すぐには言葉が出てこなかった。

あまりに純粋で、直向《ひたむ》きで、それが紛れもない本心であると分かってしまって。

『……侮られても知りませんよ』

あえて明確に言葉として肯定はしなかった。

それでも、ヴァルターも分かったのだろう。

その言葉が肯定の意である事を。

だからなのか、顔を綻ばせてホッとしたような表情を彼は浮かべていたっけか、と一瞬にして私の中で押し寄せた記憶を味わいながら、過去に想いを馳せる私はもう一度笑う。

私を守りたい。だなんて言ってくれたヴァルターのその言葉が、心配ゆえの言葉であった事など、勿論知っていた。

そして17年越しに、言葉こそ違うものの、中身がそっくりとしか言いようがない言葉を向けられて、どうして笑わずにいられようか。

「……変な奴だな」

半眼で怪訝な視線が私に向けられていたけれど、この時この瞬間に限って、それは全くと言っていい程気にはならなかった。

などと感傷に浸る私をよそに、不意にざり、と音が立った。それは地面を擦るような足音。

＊　＊　＊　＊

「にしても、お見事でした。あのガヴァリスを、ああもあっさりと斬り伏せてしまえるとは。その実力は最早、疑いようがありませんなぁ」

その足音はクライグさん達のものであった。

彼はガヴァリスと戦っていた私にも注意を向けていたようで、称賛の言葉を投げかけてくれていた。もしかすれば、危険であると判断した場合は割り入って助力でもしてくれるつもりであったのかもしれない。

ふと、辺りを見回すと、あれだけ周囲に蔓延していた剣呑な空気はすっかり霧散しており、フェリドを始めとした他の部下達も軒並み斬り伏せられていた。

「……トドメは陛下がさしちゃいましたけどね」

若干、不貞腐れたように言ってやる。

背後をとってわざわざ不意を討たずとも、私一人で倒せたというのに。

「まぁまぁ、臣下想いの良き君主ではありませんか」

ぶーぶー、と口を尖らせる私を見兼ねてか、クライグさんがどうしてかヴァルターを庇うような言葉を言い放っていた。

てめえ、ヴァルターが一国の王だからって露骨に媚び売りやがって。

と、半眼で訴えかけてやると堪らずクライグさんは苦笑いを浮かべる。

「〝炎狼《カグツチ》〟、でしたか。あれ程膨大な数のアレが展開されるや否や、フェリドを一瞬で斬り伏せて」

「クライグ・レイガード」

何かを喋ろうとしてくれていたクライグさんの声を、まるで咎めでもするかのように名を呼び、ヴァルターが無理矢理に遮った。

「口は災いのもとという言葉を知らないのかお前は。……いらん事を言うな」

「おっ、と。これは失礼いたしました」

……え？　そこまで言っておいてお預けなの？

私だけお預けなの？　え、あり得なくない!?

「お前が気にする必要はない。忘れておけ」

「……そうですか」

クライグさんの言葉を制止したヴァルターの行動から察するに、私にはどうあっても続けられたであろう発言を教えてはくれないのだろう。

不承不承といった様子で私は返事をし、無理矢理に己を納得させる事にした。

そして、ぐるりと視線を一回り。

周囲に敵らしき姿がいない事を再度確認してから、

「ところで、陛下」

そういえばと思い、少し前の彼の発言に対して疑問を投げかけようと試みて。

「知らん」

「……あの、まだ何も言ってないんですけど」

しかし、返ってきたのは優しさの欠片も感じられない素気ない一言であった。

まるで私がそろそろ話し掛けるのではと予測していたのではないのか、と勘繰ってしまう程の素早さである。

……多分、ヴァルターのヤツ《コイツ》、私が何を聞こうとしてるか知ってやがる。

その上で、抜け抜けと「知らん」などとほざいてるのだ。つい、ぶん殴ってやろうかと思った。

「……あの時の名前の件ですが、」

「知らん。俺は忘れた。他のやつに聞け」

いや、その反応は絶対覚えてるでしょ！

他のやつに聞けって、それあんたの発言なんだよ！　他の人に聞いて分かる話じゃないって事は分かってるでしょ!?

しかし、当の本人はといえば、私のこれでもかと言わんばかりの無言の圧力をガン無視。

あろう事か、クライグさんに話しかける始末である。ふざけ。

「あー、それと、クライグ・レイガード」

「む？　何でしょうかな？　ヴァルター殿」

「今回の討伐の対価だが……分かっているだろうな？」

「勿論ですとも。〝鬼火〟達は商人を始めとしたサテリカ国民に甚大な被害を及ぼしておりました。ですから、ヴァルター殿やフローラ殿は今やサテリカの恩人。誰一人として文句は言わせません。〝剣聖〟の名に誓って、王宮で交わしたあの約束は果たさせていただきますとも」

「ならいいんだ」

サテリカのトップは王であるディランさん。

しかし、他の騎士達からの信頼が最も厚い人物は〝剣聖〟と呼ばれるクライグさんなのだろう。

連れてきていた他のメンツからの態度や、私に突っかかってきたトリクラウドさん。そして、あえてこの場で約束の確認を行ったヴァルターの言葉から、私はそんな答えを導き出していた。

「時に、ヴァルター殿」

「ん？」

「これは、ヴァルター殿が思い描いていたシナリオ通りの展開ですかな？」

何を思ってか、クライグさんはそんな言葉を言い放つ。

「恩人であれば、彼女を嘲る人間は滅多な事がない限り現れる事はないでしょうなあ。被害も目に見えて増えていたからこそ、それは尚更に」

つまり。

クライグさんはヴァルターに持ちかけられていた縁談。そして〝鬼火〟による盗賊紛いの略奪行為。その討伐。それに私を巻き込み、こうして、事を収束させた。

全てを承知し、その上で最善のシナリオを己の頭の中でサテリカに辿り着く前から描いていたのではないのか。

全てを知った上で。否、知っていたからこそ、赴いたのではないのかと。クライグさんは問うていた。

「偶々だ。全てが、偶々。流石にそれは勘繰りすぎだ」

縁談の話の是非について答えんと赴いた時点で、寸分違わず〝鬼火〟を倒してみせたこの場面まで予測出来るなぞ、それはもう人間業ではない。そう言わんばかりにヴァルターは小さく笑う。

しかし、今回の一件は全てがヴァルターにとって都合が良いように動いている。

だからこそ、クライグさんはそう思わざるを得なかったのだろう
「全く……おっかない人ですなあ。相変わらず、底が知れない。だからこそ、陛下から度々縁談を持ち掛けられるんですよ」

以前、ヴァルターは言っていた。

サテリカは、成長の著しいスェベリアの利権に一枚嚙みたいから俺に縁談を持ちかけたのだろう、と。人材、資源。そういったものが目的なのだと。

しかし、今のクライグさんの言い草ではまるでサテリカはヴァルターと縁を繋いでおきたい。その一心で話を持ってきていたかのように聞こえてしまう。

……きっと、それは嘘ではないのだろう。

期せずして見せつけられたヴァルターの戦闘技能が未だ脳裏に焼き付いていたからか。

私はそう思ってしまっていた。

「いい迷惑だ」

「でしょうなぁ」

直後、微笑ましいものでも見るかのような視線が私に向けられる。

いや、だからさ。言いたい事があるなら言葉にしてよ。さっきからそんなんばっかじゃん！

悶々とする事しか出来ないこっちの身にもなれ!!

ぎろり、と割と本気で睥睨《へいげい》。

「怖い、怖い」と半笑いをしながらクライグさんは両手を軽くあげた。

勘弁して下さいとでも言いたいのだろうか。

「良き臣下をお持ちのようで」

「だろう?」

臣下、とは私の事なのだろう。

褒められた事が嬉しかったのか、少しだけ上機嫌にヴァルターは口角を曲げた。

「……それで、陛下。その良き臣下からの質問には答えてくださらないのですか」

若干キレ気味に。

これだけは譲れないと言わんばかりの眼光を以て再度問い掛ける。

その必死さを目にしたからか、クライグさんは苦笑い。私は知りませんと己が意見を主張するように目を逸らしていた。

「随分としつこいなお前も……。とはいえ、だ。今回、こういったゴタゴタに巻き込んでしまった事に対するお前への報酬を未だ決めかねていたところでもある」

「……つまり？」

「スェベリアの方針はどこまでも実力主義。無理矢理にでも聞きたいのであれば、相応の実力を示せ」

要するに、実力を示せば素直に教えてくれる、と。

そこでふと思う。

……〝鬼火のガヴァリス〟を倒した事実はそれに合致しないのだろうかと。

「〝鬼火〟程度ではダメだ。せめてユリウスクラスでなければ話にもならん」

「…………」

なに、私の心を勝手に読んでんの。

無言で私は訴える。

「クライグ・レイガード」

「如何いたしましたか？」

「今回の討伐の報酬について、もう一つ加えて欲しいものが出来た」

「余程の無理難題でなければ御承りしましょう」

「なに、以前、顔を合わせる際に使わせて貰ったあの場所を数時間。それと、刃のない模擬剣を二振り貸して貰いたい」

つまり、ヴァルター直々に私の相手をする、と。刃を落とした剣を使うから加減もいらない。存分に掛かって来い、と。

……良い度胸してんじゃん。

「その程度であれば問題はありません。陛下にはその旨を私の方から伝えておきましょう」

クライグさんも、私達の話のやり取りから全てを察したのだろう。面白おかしそうに他の方と一緒になって笑っていた。

「助かる。それと、フローラ」

「何でしょう?」

「これはあくまで仕合であって殺し合いではない。マナと魔法の使用は厳禁。純粋に剣のみでの力比べとする。それで問題ないか」

「ありません」

即答する。

この身は元とはいえ、剣の一族と言われていたメセルディア侯爵家の人間。

たとえマナがなくともあの気弱な王子だったヴァルター程度、倒せない筈がない。いくら劣化してるとはいえ、引き分け程度に持ち込む事は十分可能である。

……取り敢えず、その万が一にも負けるはずがないと言わんばかりに伸びた鼻っ柱を折ってやろう。私の今後の方針は満場一致でそう決まった。

主君だからといって手加減してあげると思ってるんなら大間違い。

ひとまずその性根の腐り切った口からどうにかして、ヴァルターが何故、私がアメリアであると知っていたのかを聞き出す必要性がある。

「言質は取ったぞ。お前がもし負ければ今回の一件はただ働きとする上、スェベリアに帰国してから二度程、俺の言う事を聞いて貰う。分かったか」

「ですから、問題ありませんと──」

言ってるじゃないか。と、言おうとして気付く。

何か勝手に条件が二つも3つも加えられている事に。

「──え？　……ちょっ、まっ」

「よし。交渉成立だな。そこに転がってる死体の処理はサテリカに任せる。煮るなり焼くなり好きにしてくれ」

それを最後にヴァルターは踵を返し、来た道を戻り始めんと、地面を蹴って走り出す。

「おーい。何してんだ。早くついて来い護衛」

「ついて来させる気なんて微塵《みじん》もないくせによくもまあそんな言葉が言えますねぇ……っ!!」

肩越しに振り返り、そんな言葉を抜け抜けと宣うヴァルターに対し、割と本気で殺意を覚えた。

大人げないと言われようとも絶対に叩き潰す。これは決定事項だ。泣いて後悔しろ性悪陛下。

私はその瞬間、心にそう誓った。

エピローグ① ヴァルターside

『――私が剣士を志した理由、ですか』

それは、17年も昔の記憶。

遠い、遠い昔の記憶。

俺が強くなろうと誓った、原初の記憶。

たった数日の記憶なのに、俺の中で未だにこんなにも存在感を主張している。

燦然と、光り輝いている。

『強いて言うならば……父が、嬉しそうにしていたから、ですかね』

強くなりたいからでも。

剣士に憧れていたからでもなく。ただ、父が喜んでいたから。

俺の問い掛けに対する返答はそんな、珍妙な回答であった。

『物凄く偏屈で無愛想な父なんですけどね、一度だけ父の前で剣を握った事があったんです。その時に見せてくれた顔が忘れられなくて。キッカケはきっとそれでしょう。……結局、どこまで煎じ詰めても、私もメセルディアなんでしょうね。気付けば、20年も剣を振るっていました』

剣士は剣で全てを語る。

どこかの吟遊詩人がそんな言葉を歌に乗せて語っていたような、そんな記憶がある。

きっと彼女ら親子にとっては、剣こそが己らの思いの丈を語る手段であったのだろう。

『多分、私は認められたかったんでしょうね。父の時のように、兄の時のように。私には剣しか誇れるようなものはなかったから。だから、ただ、ただ、振っていた。血筋が関係でもしてるのか、これが案外、楽しかったんですよね』

そして父の背中を追うように、彼女は騎士になったのだという。

それこそが、女の身でありながら剣士を目指し、騎士となった女性――アメリア・メセルディアが根底に据える想いであったのだ。

『貴女は、強いな。僕より、ずっとずっと強い。女の人なのに、ずっと――』

『まさか』

当時の俺の言葉に対し、アメリアは苦笑いで言葉を返す。

『私は強くなんてありませんよ。少なくとも、私からすれば殿下の方がよっぽど御強く見えます』

『それこそ、まさかだろう』

俺のどこがアメリアには強く見えたのか。

それは結局、これ以上は水掛け論でしかないと判断し、会話を半ば強制的にアメリアが打ち切った事で分からず終い。

『……剣士は、自由か』

次に、そんな事を俺は聞いていた。

二人きりの逃避行。

俺を主人とする奴隷染みた契約を半ば強制的に結んでしまうような心底おかしな奴の素性が知りたくて暇さえあればこうして話しかけていたのだ。

『自由ですよ。少なくとも、貴族令嬢よりは』

けらけらと自嘲気味にアメリアは笑う。

『そういえば、殿下は自由になりたかったんでしたっけ』

『……ああ』

『でしたら、私は剣士になる事をお勧めします。なにせ剣士は、どこであろうと生きていけますから』

きっと、その時の彼女は本気では捉えていなかった。俺が、本当に剣士を目指そうとするなぞ、思いもしていなかった筈だ。けれど、言い放たれたその言葉に嘘偽りは入り込んでいなかった。

少なくとも、俺はそう思った。

『……確かに、そうだな』

『殿下がもし、剣士に興味があるのでしたら、一言だけ、言っておきたい事があります』

『何だ?』

『私の座右の銘のような言葉なんですけどね』

『なら、是非聞かせてくれ』

『では、——決して忘れるな。なれど、決して引きずるな』

同じような意味を持った言葉が二度続く。

忘れるなと言いながらも引きずるなとは、矛盾ではないかと、そんな感想を抱いた。

『殿下の境遇は、私に少しだけ似ています』

それは血筋が良い、という部分の事なのだろう。ああ、成る程確かに。

メセルディアの位はかなりの上位に位置している。爵位こそ侯爵であるが、その影響力は時に公爵をも上回る程なのだから。

『だから、殿下が剣を握ろうものならば、必ず何かしら文句を言ってくるヤツが現れます。これは、間違いなく』

王族が剣士の真似事をする。

身内からは勿論、外野からも何かしらの嫌味を言われるやもしれない。

決まって、「王族の癖に」なんて言葉を幻聴しながら。

……あぁ。そういう事か。

貴女も、「女の癖に」と言われ、メセルディア侯爵家という看板が周りからの嫉妬心を掻き立て、悪意に晒され続けていたのだろう。と、当時の俺は理解を示す。

彼女の言葉の通り、俺とアメリアの境遇はどこか似ていた。

『故に、決して忘れないで下さい。己に向けられた言葉を。なれど、引きずらないでください。あくまでも、心に留めておくだけ。それだけで、未だ己の武威が血筋に負けているのだと、自覚が出

来る』

便利なものでしょう？　と、彼女は笑いながら言う。

けれど、決して引きずらないでくれ。

私達に出来る事は、前を歩く事だけ。実力で、有象無象を黙らせる事だけ。

そう、言葉が続けられた。

『全てにおいて、そう。剣は勿論、人死の時も』

きっと、この言葉を口にした時点でアメリアは薄々と分かっていたのだろう。

自分の死が、もうすぐ側まで迫ってしまっている事に。

しかし、この時の俺はそれを察する事は出来なかった。ただ、彼女の言葉に言い包《くる》められる事しか出来なかったのだ。

『人死？』

『あー……、その、私、って結構な嫌われ者だったと言いますか、爪弾き者だったので嫌がらせのように面倒臭い場所に送り出されたりする事が多々ありまして』

だから、人が死ぬような現場に赴いた経験が多くあるのだと、アメリアは言う。

『嫌な人も沢山いましたけど、中には良い人もいるんですよね。ま、ぁ、一時であれ、仲良くしてくれた方々を忘れるのは……凄く、辛いんですよね。ただ、引きずるのは向こうに申し訳なくなると言いますか、何というか……』

『そうなのか？』

『兎にも角にも、色々とありまして。出来る事ならば、殿下には死ぬ間際まで知って欲しくない感情ではありますが、きっとそう都合よくはいかないでしょう』

――ま、私は死ぬ気なんてこれっぽっちもないんですけどね！

と、気丈に振る舞う彼女のその言葉は、恐らく俺への配慮であったのだろう。

『死ねばそれで最後。その先には何一つとして残っていない。残されていない。だからこそ、大切な者であればある程、引きずるわけにはいかないんです。相手もきっと、死んで尚、自身の死という牢獄に人を閉じ込めておきたくはないでしょうから。少なくとも、私はそう思っています』

剣から死へ。

違和感のない見事な話題転換。

巧みな話術にまんまと丸め込まれていたせいで、当時の俺はそこに潜んでいた違和感に気付けなかった。

本当に、この時の俺を殺したいくらいだ。

何度殺しても、気が済まない。

この時既に、アメリアが毒に侵されていた事に気付けなかった俺なんて、いない方がマシだ。

幾度として繰り返してきた自責をまた、行う。

きっと彼女は、自分が死んだとしても引きずるな。と、言いたかったのだろう。

「――無理に決まってるだろうが」

過去を懐かしんでいた俺は、我に返り、声をあげる。万が一にもそんな事があり得てなるものか。

己の中に深く根付いた感情と共に俺は言葉を吐き出した。

「お前は、俺に思い出を与えすぎたんだ」

数え出したらキリがない程、俺はアメリアから貰った。

爪弾き者だった俺に、優しさをくれたのはアメリア。

信頼するという行為の心地良さを教えてくれたのもアメリア。

……基本的に、俺に与えて、何かを教えてくれたのはアメリアだった。

お前がいたから、俺の人生は色付いてくれた。

お前がいたから、俺は生き続けようと思えた。

忘れる？　とんでもない。

引きずるな？　無理に決まってるだろうが。

「こんなにも女々しい俺を知ったら、お前は失望するのだろうか。はたまた、あの時のようにまた、笑ってくれるのだろうか。なぁ――アメリア」

一国の王。しかし、どうでも良い。

王家の血筋。それもどうでも良い。

親族、地位、金、物。それら全て、言ってしまえば、どうでも良かった。

ただ俺は、少しでも良い。アメリア《お前》と時間を共に出来るならば、それで良かったのに。

それが、良かったのに。

「――己の事だが、これじゃあまるで、滑稽なピエロそのものだな」

本当の俺はこんなにも女々しく、不器用で。

昔から本質は何一つとして変っちゃいない。

ただ、王として振る舞っているだけ。ヴァルターとしてではなくスェベリア王として。

そして、その事実にユリウス・メセルディアだけは気付いてしまっている。

だからこそ、「ヴァル坊」と、いつまでも坊を付けて呼ぶのだ。昔からお前は何一つとして変わっていないと、彼だけは俺の本質をどこまでも見抜いてしまっているから。

「……まぁ、いい。これが俺の生き方だ。ほっとけ」

この場にいないユリウスに向けて、俺は投げやりに言葉を唾棄。

「さぁ、て」

17年もの間の想いをぶつけるとすれば。

それは果たしてどのような手段を用いて、どのような場で行うべきだろうか。

そんな事を考えた時、何があっても譲れないものが一つだけあった。

「剣士らしく、剣で語り合おうか。フローラ・ウェイベイア」

呟きながら、俺は足を踏み入れる。

クライグ・レイガードと顔合わせの際に一度赴いていた教練場のような場所へ。

使用許可については、今回の件の事の顛末を聞いたディラン殿が快諾をしてくれた。

既に中ではフローラが待機しており、模擬剣を片手に、不満げな顔を浮かべていた。

大方、俺の鼻っ柱を折る為に戒めも込めて一瞬で倒してやる。彼女の心境はおそらくこんなところだろう。

……それはダメだ。それは、認めない。

可能な限り自然な流れでこの状況に持ってくるまでに俺がどれだけ苦労したと思ってるんだ。

積もり積もった17年。

剣を使って、じっくりと語り合おうじゃないか。

「待たせたな。フローラ」

「いえ。お気になさらず」

俺がこうして剣を合わせる時間を遅らせた理由は、フローラの体力を回復させておきたかったから。出来る限り、剣を合わせたかったから。

けれど、彼女は決して、疲れたから待ってくれとは言わない人だ。だから、俺がこうして遅れて入ってくる他なかった。

「さぁ、始めようか」

手が震える。

それは、歓喜だった。

それは、武者震いであった。

念願を前に、手どころか、心までが奮う。

「手加減はいらん。剣士同士、思う存分語ろうか!!　なぁっ!!　アメリア《フローラ》・メセルディア《ウェイベイア》!!」

俺は喜悦に口角を曲げながら——声を、震わせた。

エピローグ②　新たな日常

「う、ぐっ」

顔を顰めながら、私は呻き声をあげた。

ぷるぷると血管の浮かぶ細腕が震える。

「半分、お持ち致しましょう」

「……ありがとうございます」

横着をした結果がコレ。

流石に、手に抱え、視界を遮る資料の山を執務室へ一人で運ぶ事は不可能と悟り、私のその姿を見兼ねてか、偶然にも出会った彼──〝財務卿〟ルイス・ハーメリアの手を借りる事にした。

サテリカから帰国をして早、一月。

すっかり私も王宮勤めの人間として随分と馴染んでしまっていた。

「どうですか？　最近は」

「ぼちぼち、といったところでしょうか」

サテリカにて、ヴァルターの挑発にまんまと乗った私は彼と剣を合わせ──何故か完敗してしまっていた。

そのせいで、あの時の真相は聞けないわ。少なくとも今年一年は俺の側仕えを務めてくれと言われるわ、本当に散々な目にあったものである。

ただ、〝鬼火〟との一件のおかげか、帰国間際の時にはどこかぎこちなさはあったものの、サテリカの人達や、スェベリアの騎士達の大半から無闇矢鱈《むやみやたら》に敵視される事はなくなっていた。それどころか、限りなく好意的になっていると言っても過言ではない。

唯一の例外はといえば、私に対して一番初めに絡んできたサテリカに籍をおく貴族——トリ……、トリ……。

……トリ何とかさんだけはめちゃくちゃ私を敵視していたけれども、まぁ気にする必要はないだろう。

「そうですか。にしても、本当に驚きましたよ。まさか貴女があの〝鬼火〟を倒す程の武をお持ちだったとは」

「……そのセリフ、もう耳にタコが出来る程聞きました。もうやめません？」

帰国する際。

恩人だからと、サテリカからスェベリアへ帰る道中の護衛として、スェベリアまでついてきた人物がいたのだ。

名を、〝剣聖〟クライグ・レイガード。

クライグさんの武はサテリカどころか、スェベリアにまで知れ渡っており、その彼がわざとらしく大仰に騎士達の前で私を褒め称え、頭を下げたのだ。

——我が祖国に害をなす〝鬼火〟を倒せたのも、フローラ・ウェイベイア殿の御力添えがあったからこそ。

そんな前口上を述べてくれたおかげで、周りから嘲られる事はなくなったのだが、ハーメリアやユリウスといった首脳陣を除いた者達には「触れるな危険」と言わんばかりの扱いを受ける事になっていた。

以前よりマシである事には変わりないのだが、個人的にはどっちもどっちな気がする。というのが本音である。

「人の噂も七十五日。あと一ヶ月と少しの辛抱じゃありませんか」

「……それは流石に長過ぎます。勘弁して下さい……」

けらけらと面白おかしそうに笑むハーメリアに対し、私は大きなため息を吐いた。

「あぁ、そうそう。そういえば、メセルディア卿が貴女をお捜しになられてましたよ」

「メセルディア卿が?」

「ええ。何やら、どこぞの御仁から手紙を預かっていると言っていたような……」

御仁……？

と、ハーメリアの口から出てきた言葉に私は首を傾げた。

私の知り合いは生家——ウェイベイア伯爵家関係者。そして親友であるフィールとその御両親。

あとはサテリカの一部の人達とヴァルター達くらいなのだが、私に手紙をくれるような知り合いはフィーただ一人。

しかし、彼女を御仁呼ばわりするには些か違和感が付き纏う。きっと、フィーからではないのだろう。

「お、ちょうど良いところに」

そんな折。

聞き覚えのある声が私の鼓膜を揺らした。

偶然にもそれは、ハーメリアがつい先程話題に挙げた人間――ユリウスの声である。

その隣にはライバードさんが追従していた。

……この二人、仲良いんだなあ。

「嬢ちゃん宛に手紙預かってんぜ」

ほれ、と懐からユリウスは一通の手紙を取り出す。しかし、資料を運ぶ最中の私はハーメリアに半分程持って貰って尚、両手が塞がっている。

今は受け取れないので後にしてくれと、私が言うより先に、ユリウスが顎で使い、ライバードさんに私が運んでいた資料の山を代わりに持つようにと指示していた。

「代わりましょう」

つまり、ここで読め。という事なのだろう。

「ありがとうございます」

私はそう言って資料の山をライバードさんに渡し、差し出された手紙を手に取った。

「親父からの手紙だ。中身は知らねえが、大事なもんだって聞いてんぜ」

ここでいう親父はフローラ・ウェイベイアとしての親父なのか。

ユリウス・メセルディアの親父なのか。

前世の記憶があるせいで超絶ややこしい。

後者の場合であったとしても、一応私の父親である事に変わりはないので返答には細心の注意を払うべきだろう。

……ヴァルターには何故かもうバレてるっぽいけど。

「えっ、と……」

封から中身を取り出し、四つ折りで収められていた手紙を開いていく。

値が張ってそうな紙の割に、随分と白紙が多いな。そんな感想を抱きながら中身を確認する私の視界に飛び込んできたのはたった一言。

『鍛錬不足』

たかが一言。されど一言。

どうしてか、見覚えのある筆跡で書き記されたその言葉を目にした途端、私の中の何かがぶちりと千切れ落ちた。

「あ、の、ねぇ……そんな事は言われなくても知ってるよ!!」

ばちんっ、と思い切り手紙を地面に叩きつけながら私はそう叫ぶ。

ヴァルターに剣で負けてからまだあまり日が経っていない事が間違いなく災いした。

「こちとらそもそも剣士として生きる気はなかったんだよ！　鍛錬不足!?　そりゃそうでしょ!?　剣は嫌いじゃないし、寧ろ好きだったよ!?　でもね、周りからの視線が痛すぎるんだよ!!　鍛錬出来るもんならとっくの昔にしてるわ!!　ていうか、長生きし過ぎでしょ!!　クソ親父!!」

記憶が確かなら、もう60過ぎの死にかけジジイな筈である。

当主をユリウスに譲ったんなら大人しく隠居してろよ。陰から私を観察すんなクソ親父。

と、ぶわりと沸き上がった感情を思い切り吐き出し、ぜぇ、ぜぇ、と肩で息をしながら我に返る。

……完全にやらかした。

「……ヴァル坊から聞いちゃいたが、まーじでアメリアそっくりの反応すんのな」

「……何の事でしょうか」

「流石にそれは無理があんだろ、嬢ちゃん」

「知りません。私は何も知りません」

ライバードさんに持って貰っていた資料を強引に貰い受け、床に叩き付けた手紙はそのままに、私はその場を後にしようと試みる。

「ったく、相変わらず世話の焼けるやつだ」

声にこそしなかったけれど、「悪うござんしたね！」と投げやりに胸中で言葉を叫び散らしながら私は背後から聞こえてきた声に対し、人知れず返事をしていた。

＊　＊　＊　＊　＊

「随分と時間がかかったんだな」

「……メセルディア卿に絡まれていたもので」

ところ変わり、執務室。

どさりと音を立てて資料を置く私に対し、ヴァルターがそう言った。

元々、先の勝負に負けた事で少なくとも一年はヴァルターの側仕えからは逃げられなくなってしまった為に私はこうして諸外国の知識を己に一から叩き込まんと、資料集めに奔走していたのだ。

国王陛下の側仕えが諸外国の知識皆無。

それでは、流石にまずい。

持ち出した資料全て頭の中に叩き込める程頭の出来が良いと自惚れるつもりはないけれど、私としてもそれなりに頭に入れておきたいのだ。

……私だって恥をかきたくないし。

「そうか。にしても、随分と資料を運んできたようだが……些か多過ぎやしないか？　どうせ、アレもなんだろう？」

ユリウスならばやりかねない。

とでも思っていたのか、それ以上の追求はなく、あっさりと彼は引き下がっていた。

そしてそんなヴァルターが次に視線を向け、指差したのはもう一つの資料の山。

数秒前の私のように、ぷるぷると細腕を震わせながら資料の山を運んできてくれていたハーメリアである。

そもそも、彼は〝財務卿〟と呼ばれる文官。

体つきも痩軀で、私とそこまで変わらないのになあと思っていたが、まさにその通りだったらしい。

も、ぅ、無理……!!

という言葉が今のハーメリアの様子から幻聴されたのはきっと気のせいではないのだろう。

「ええ。まぁ……」

「別に資料を持ち出すのは一向に構わん。そこらへんはお前の好きにしたら良い」

国王陛下の側仕え。

そう聞くとひどく堅苦しい先入観に見舞われるが、これが案外、かなり自由であったりする。

「ただ――」

ヴァルターは含みのある言葉と共に視線を移動。今度はハーメリアから、部屋に設えられた掛け時計へ。

資料を探しに行くといって私が部屋を出てから、既に3時間程、経過していた。

「ずっと本と向き合ってては気が滅入るだろう？　少し付き合え」

がらり、と音を立てて椅子を引き、机に向かっていたヴァルターが立ち上がる。

それはよくある光景。

この一ヶ月で慣れ親しんだやり取りであった。

「ハーメリア。お前も来るか？」

「遠慮致します」

即答だった。

余程嫌なのだろう。

まぁ、文官であるハーメリアが嫌というのも、これから私が付き合う事を考えれば当然と言えば当然なんだけれど。

「そうか。なら、いくぞフローラ」

机に立て掛けられていた剣を鞘ごと手にし、ヴァルターが先導する。

向かう先は、教練場。

護衛が、守るべき対象である主人より弱くてはまずいだろう？

そんなヴァルターの挑発から始まり、今や一日一回程のペースで行われるこのやり取り。

「陛下。頼んでいた政務の方は……」

「とうの昔に終わらせた」

そう言って、ハーメリアの言葉に対し、返答をしたヴァルターは足早に部屋を後にする。

執務室には未だ本を抱えるハーメリアと私の二人が残される事となった。

「……早く向かわないと陛下が不貞腐れますよ。そうなってしまうと実に、面倒臭い事になる。資料の方は僕が片付けておきますから」

「……すみません」

「いえいえ」

不貞腐れでもすれば、その影響は私だけに留まらない。だからこそ、早く行ってあげてくれとハーメリアは促したのだろう。

私はその言葉に対して首肯し、背を向ける。

――年甲斐もなくはしゃいじゃって。

部屋を後にする際、ため息混じりで言い放たれたハーメリアの声が私の鼓膜を揺らした。

……全くである。

今年で24歳だというのに、あれではただのやんちゃながきんちょだ。

少しは年相応の落ち着きを持って欲しいものである。とは、いえ。

「……ま、これはこれで悪くない、っか」

ただ何となく生きていた17年。

これまでも。そしてこれからも、そんな日々が続くと思っていたのに、何故かまた剣を腰に下げ、私は剣士として堂々と生きてしまっている。

「……ほん、と。何があるかなんて、分かったもんじゃないね」

忙しなくもあるが、これが存外悪くなかった。

私という人間は、誰かに振り回されたいタチだったのかもしれない。

そんな事を期せずして気付かされ――。

小さく笑いつつ、すたこらと私を置いてきぼりにして先を歩くヴァルターの背中を追いながら待ってくれと言わんばかりに「陛下」と、名を呼んだ。

幕間　アメリア・メセルディア　過去1

その日は骨が軋む音が聞こえる程、閑《のど》かな夜――だった、

婀娜《あだ》として満ちる月光を背景に立つ彼女が、言葉を発するまでは。

燃えるような赤髪を風に靡かせ、手に携える干戈《かんか》――獰猛に光り輝く剣の刃を覗かせながら女は口を開き、

「みぃーつけた」

刹那の逡巡すら皆無。

一切の躊躇いなく、彼女――アメリア・メセルディアこと、私は踏み込んだ。

程なく、瞳の奥にぼろぼろの布切れを着込んだ男を捉え、私は酷薄に笑む。

それが、始動の合図だった。

＊　＊　＊　＊

「大事な書類が盗まれた。だから、取り返してこい……あの、ふざけてるんですか？」

「ふざけてねーよ」

「いや、ふざけてますって」

騎士の中でも頭10個くらい抜けて爪弾きものにされていた私の上司を務めていた男——ハイザは腕組みをしたままそう宣う。

いや、貴方の失態なんだし、もう少しくらい申し訳なさそうにしてよ。

「それで、盗まれた書類というのは……」

「それはな……内緒《な～いしょ》」

「ぶん殴りますね」

バキッ、と。

「いぎゃあああああ!?　痛!!　痛ったい!!　骨!!　骨折れた!!!」

硬い感触が拳に伝うと同時、中々良い感じの音が鳴った。ざまぁみろ。

「それで、一体何の書類が盗まれたんですか？」

「て、テメッ、上司様に手ぇ出してただで済むと思うなよ!!」

「ただで済まないんですか？」

「おうよ!!　おれの分まで仕事押し付けっからな!!!　精々過労死しやがれ!!!」

「それ、いつもの事じゃないですか」

「………」

ハイザは黙り込む。

つまり、図星であったのだ。というか、いつも上司の特権だとか言って押し付けてきてる癖に、瞬間的に記憶喪失でもしていたのだろうか。

「……ま、まぁ、今回だけは大目に見てやろう。次はないからな。まじで。次はねーから」

罰らしい罰が思い浮かばなかったのだろう。

この分だともう一発くらいぶん殴っても大丈夫そうだなと、そんな感想を私は抱いた。

「それで、だな。盗まれた書類についてなんだが、実際問題、おれはその中身を本当に知らねえんだ。何か団長から預かっててくれ。って言われてただけで中身すら見てねえんだよ。興味もなかったしな」

「……団長もよくこんなロクでなしに書類を預ける気になりましたね」

「お前のとこなら万が一にも盗られる心配はねーだろって言ってたんだよ。要するに穴場ってヤツ」

「流石は団長」

「死ね」

私は重心を落とし、しゃがみ込む。

直後、ぶぉんっ、と突発的に繰り出されたハイザの拳は空を切る。見事なまでに回避をされたという事でピキリとハイザのこめかみに血管が浮き上がった。

「避けんじゃねえよ!!!」

次いで、しゃがみ込んだ私に向かって繰り出される脚撃。

しかし、その行動を予想していた私は迫り来る足を両手でぎゅっと掴む。

「あ、っ、ちょ、まっ――――!!」

そしてハイザの足を掴んだまま、私は立ち上がり。

直後、片足では支えきれなくなったのか。ずるっ、と足を滑らせ、転倒。どしーん。と重々しい音が響き渡った。

涙目になっていたがこれも因果応報である。

「………………」

頭から転《こ》けたハイザはといえば、無言で頭を抱え、のたうち回っていた。

これが十数年前までは何ちゃら戦役にて〝英雄〟と呼ばれる程の武功を挙げた男なのだから、事実は小説より奇なりとはよく言ったものである。

「中身を知らないとはいえ、どうせ貴方の事ですから魔導具と紐付けていたんでしょう?」

腐っても元〝英雄〟。

杜撰《ずさん》そうに見えてその実、この男、案外しっかりとしている人間なのである。

ただ、盗まれた時用に場所探知を出来る魔導具を仕掛ける暇があるのなら、しっかりと保管しておけよとも思う。毎度の事ながらこの男、優先順位がイマイチ私の理解の埒外《らちがい》にある。

「……よく知ってんじゃねえか。ほらよ」

いだいいいいい！　と、のたうち回るハイザであったが、私がそう言うとピタリと身体を硬直。横たわったまま、したり顔で懐からハイザは何かを取り出す。

もしや、先程までの一連の行動は演技だったのか、と一瞬ばかり思うも、どこか潤んだ瞳を見て、ただの強がりかと私は結論付けた。

「いや、いいです。要らないです」

あんたの失態なんだから、あんたが責任を持って事にあたれよ。と拒絶の姿勢を見せる事で私は主張。

「上司命令だ」

「私にこんなクソな上司はいません」

「じゃあ一生のお願い」

「それは昨日も聞きました」

「…………」

どうやらハイザは何者かに盗まれてしまったであろう書類の奪還を私に任せたいらしい。

勿論、彼が他のやる事に追われているというのであればやぶさかでもないのだが、普段のハイザを知る私はそうでない事を誰よりも知っている。

故に、選択肢は一つだけ。

拒絶の一択だけである。そこに妥協はあり得ない。ちゃんと働けダメ男。

「……はぁ。しゃあねえ。おれじゃ相性がわりぃからアメリアに頼んでたんだが、アメリアにも手が負えねえんじゃ仕方ねぇわなあ。あーあー、うちの優秀な部下にならと思って話を持ってきたんだが、倒せねえってんなら仕方ねえよなぁ」

ちらっ。ちらっ。

と、私の様子を窺うような視線が一定間隔おきにやってくる。

正直、うざい事この上なかったんだけれど、一応。本当に一応、どんな相手なのかだけ私は聞く事にする。

「……盗んだ相手というのは？」

「恐らく、ユースティア神聖王国に籍を置くばかちんだ。隠密に長けてる人物なんだが、そいつの魔法が厄介でなぁ。多分、幻覚系を使うんだよ」

何でそこまで相手の分析が出来ておきながら、おめおめと盗まれてしまったんだよと言ってやりたかった。が、いつもそんな指摘をしてものらりくらりと言い逃れられている。

……徒労にしかならないと割り切っていたからこそ、あえて声に出して問い質す気にはなれなかった。

「別におれが行ってもいいんだが、その場合、書類が丸焦げになる可能性が実に9割強。というか、何もかも面倒臭くなって魔力凝縮砲撃《マナバーン》ち込む未来しか見えん」

その点、だ。と言ってハイザは言葉を続ける。

「だが、お前は違う！　女だからきっと相手も初手は舐めてかかってくる！　そこを狙い撃ちにしてくれ!!　なぁに、相手は末端のぺーぺーよ。能力がちょっと鬱陶しいくらいでガルドリのヤツより雑魚だ！　お前ならいける!!」

ガルドリは騎士団に所属する中年程度の男で、かつてはこのダメ男――ハイザの部下であった事が災いし、何かにつけ引き合いに出される実に可哀想な人物なのだ。

とはいえ、めちゃくちゃな風評被害を受けるガルドリさんであるが、正直、かなりの実力者であった。残念ながら手合わせをした事はないが、仕事を一緒にした時にその実力の片鱗を目にしている。恐らくだけど、ハイザの数倍は強い。

「ガルドリさん、普通に強いと思うんですけど」

「お？　ビビってんのか？　お？　お？」

……もう一度顔面ぶん殴ってやろうか。

「……子供じゃないんですから、そんな初歩的な煽りに反応はしません」

あとちょっとで手が出てたけどそれはご愛嬌。

「ただ、団長には恩がありますので、今回は団長の為に引き受けさせていただきます」

「けっ」

盛大にハイザは顔を歪める。

……子供かよ。

「団長、団長って普段からよぉ。お前は一体、誰の部下なんだ！　言ってみろよ！　えぇ!?」

「団長の部下です」

「死ね」

問われたので即座に返答してやると何か変な角ばった物体を投げつけられた。地味に痛い。

「出てけ!!　さっさと出て行って下手人とっ捕まえてこい！　この裏切り者が!!」

しっ、しっ、とどっか行けとゼスチャーをハイザが始める。

……本当に、今年で15を迎える私よりもよっぽど子供である。今年で47と聞いてるけれどこんな大人にだけはなりたくない世界代表だ。

良い反面教師である。

そして私はテメェの居場所なんてここにゃねえよ！　と不貞腐れるハイザに半ば強制的に部屋から追い出され、今日も今日とて押し付けられた仕事をこなす事となった。

＊　＊　＊　＊　＊

「ふ、ふはっ。ふはははははは!!!　アメリアの馬鹿ちんめ!!　書類を盗んでくれたヤツは末端のペーペーじゃねえよ!!　末端のペーペー程度がおれの管理してた書類を盗めるわけねーだろ！　本当はユースティアの将軍の懐刀とか言われてる馬鹿強いヤツだっつーの！　馬鹿《ぶわーか》め!!」

アメリアがいなくなった部屋にて、じんじんと未だ痛みの残る頬をさすりながら哄笑を轟かせるハイザ《ロクでなし》が一人。

「上司様を殴った罰だ！　精々痛い目にあいやがれ!!」

本来であれば、己か。騎士団長か。

もしくは騎士団の人間数人単位で事にあたらなければならないような人物なのだが……、最近、アメリアがどうにも自分を舐め腐っている。

ここらで灸を据えてやらねば。

というハイザの嫌がらせ心故の行動であった。

しかし、である。

「とはいえ、おれも鬼じゃねえ。ピンチになったら助けてやろうじゃねえの。よくあるあれだ。狙ったかのようなタイミングで助けに入るあれ。あれすりゃアメリアもおれを見直すだろ。うん。間違いねえ」

ハイザにとってアメリアは大事な部下である。

周囲からは犬猿コンビとか言われているが、これがその実、そこそこ仲が良いのだ。

だからこそ、見殺しにする、という選択肢はあり得ない。あるのはちょこっとだけ懲らしめてやろうという気持ちだけ。

幾ら〝鬼才〟などと呼ばれようとも、アメリア・メセルディアはまだ15歳の少女。

流石に荷が重いだろう。上司様の威光を見せ付ける良い機会だと胸を躍らせるハイザであったが
――まさか15の少女が将軍の懐刀と呼ばれる男を一方的にフルボッコにするとはこの時のハイザは知る由もなかった。

幕間　アメリア・メセルディア　過去2

既に空は黄昏色。

斜陽と雲が交わり、独特のコントラストが頭上いっぱいに広がっている。

「……あ」

半ば無理矢理に追い出されて気が付いた。

書類に紐付けられた魔導具をハイザから受け取るの忘れてた、と。

不承不承ながら取りに戻るしかないのかなあと、ため息を吐く私であったが。

「ん?」

上着のポケットがどうしてか不自然に膨らんでいた。それはどこか見覚えのあるシルエット。

そう、丁度――これはハイザが愛用していた魔導具ではなかっただろうか。

「……本当、あの人、無駄にスペック高いんだから」

恐らく、ぶーぶー言いながら私に角ばった何かを投げ付けてきた時だろう。
二、三、身体に当たったような感覚があったけれど、それに乗じてついでとばかりにポケットへ魔導具を投げ入れていたらしい。

ほんと、無駄に高いスペックである。

「さ。じゃあそろそろ向かおうかな。あんまり時間をかけたくもないしね」

書類を持って逃亡中。

であるならば、時間と共に距離が遠ざかっている為、出来る限り早く向かった方がいい。

私はそう結論付け、ポケットに入れられていた魔導具を取り出し――起動。

浮かび上がるホログラム。

距離は――現在約20キロ先といったところだろうか。遠！

盗られた事に気づいた時点で早く言えよと胸中で毒づきながらも私は慌てて駆け出した。

この分だと帰る頃には夜を過ぎて朝方になっているかもしれない。そう思うと、何度目かもう分からないため息を吐き出さないわけにはいかなかった。

＊　＊　＊　＊　＊

「…………」

暗夜を駆ける人影が一つ。

口は真一文字に引き結び、気配を押し殺しながらその男はひたすら駆け走っていた。

男の名はバルバドス。

ユースティア神聖王国に籍を置く人間の一人であり、世間からはユースティアの将軍位に位置するとある男の懐刀とも呼ばれている男である。

「そろそろ、かもしれないな」

何を思ってか、彼はそう呟いた。

バルバドスが手にする書類。

それはスェベリア王家に関する調査書であり、騎士団に属する一部の人間によって厳重に管理されていたものであった。

今回、バルバドスに書類の奪取を命じた者曰く、その書類がスェベリアに致命的な打撃を与える為に必要不可欠なものなのだとか。

「……あのハイザ・ボルセネリアの事だ。追手の一人や二人、差し向けられても何ら不思議な事じゃない」

東南戦役の英雄――――ハイザ・ボルセネリア。

それはバルバドスが奪取した書類の管理を任されていた男の名。平民出でありながらその戦役での功績を以て貴族位を賜り、騎士になったものの、平民出だからと権力を持った貴族に嫌がらせを受けて窓際職に追いやられた可哀想な人間である。

ただ、実力はまごう事なき本物。

既に衰えたと宣う連中もいるが、少なくともバルバドスはそうは思っていなかった。

――――あれは間違いなく目が合っていた。

東南戦役の英雄であろうと己の幻術であれば誰の目であれ欺けると彼は信じて疑っていなかった。

しかし、書類を奪取するあの瞬間。

バルバドスは確かにハイザと目が合っていたのだ。なのに、ハイザはバルバドスを止めなかった。

それどころか、おめおめと見逃したのだ。

ぞわりと背筋が泡立つ感覚に見舞われながらも、バルバドスは逃げるように逃走を開始したのだが……この状況下で何かがあると勘繰らない人間はまずいないだろう。

「……とはいえ、スェベリアからはもう随分と離れた」

既に日は暮れ、夜の帳《とばり》が下りている。

逃走を始めてから随分と時間も経っており、バルバドス自身もひたすら全速力で駆け走り続けていた。

……これはもしや、逃げ切れたのではないだろうか。一瞬だけ、そう思ってしまった。

そんな願望を、脳裏に浮かべてしまったのだ。

それが、彼にとって致命的な落ち度。

「これなら――」

流石のあのハイザ・ボルセネリアとて、ここまで来ればどうする事も出来まいと。

バルバドスが声に出そうとしたその瞬間だった。

「――みぃーつけた」

あは、と。喜色に塗れた笑顔が月光に照らされる。いつの間に回り込んだのか、歓喜に声をあげ、彼の眼前に佇む少女は剣を携えていた。

「おん、」

女。

たった三文字。

しかし、バルバドスはそれすら中断し、噤んだ。そのわけは、少女がスェベリアの騎士服に身を包んでいたから。何より、危険であるとバルバドス自身が肌で感じたから。

目に映るは、泰然とした佇まい。

月光を浴び、獰猛に輝く銀色の刃は間違いなくバルバドスに焦点を合わせていた。

――幻術によって本来、姿が露見していない筈の己に対して。

何故、見える。

何故、分かる。

頭が混乱。

しかし、急転する事態はバルバドスを待ってくれる程優しいものではない。

警笛が鳴る。脳裏に赤いランプが灯る。

バルバドスの存在を知っているのは恐らくハイザ・ボルセネリアただ一人。

ならば、目の前の少女は彼が仕向けた人間である。そう考えるのが道理だろう。

だとすれば。

――間違っても女、子供だからと油断していい相手ではない。あのハイザ・ボルセネリアが己を止められると判断して寄越した人間なのだから。

真実とは異なっていたが、バルバドスはそう結論付けた。そして、未だ混線とした思考を落ち着かせようと呼気を整えようと試みて。

しかしその時、既に少女はバルバドスの目の前から姿を消していた。

宙に浮かぶ土塊。

ざり、と一際大きく響いた足音。

びゅぅ、と突として吹いた風はきっと、彼女の仕業であったのだ。目を見張る程の速度で肉薄をした彼女――アメリア・メセルディアによるもの。

「チィ――……っ!!」

心境をあらわに、舌を大きく打ち鳴らしてバルバドスは己に掛けていた幻術を解除。

これは、逃げ切れる相手じゃねぇ……!!

魔法《げんじゅつ》を使っていては当然、マナを扱う事が出来なくなる。同時進行で扱う事が出来ない以上、本来の機能を失っている幻術をバルバドスが即座に捨てたのは当然ともいえる判断であった。

しかし、その決死の判断を嘲笑うような声が一つ。

「お。やっぱりそこにいたんだ」

まるで、バルバドスが幻術を解除するまで分かっていなかったような言い草である。

だが、決して彼女は彼をおちょくっているわけではない。本当に、そこにバルバドスがいるとは知らなかったのだ。アメリアはただ、多分そこにいるような気がする。

ただそれだけの理由で焦点を合わし、見つけたなどとほざいたのだ。それがアメリア・メセルディアという人間なのだ。

己自身の勘に対し、最上級の信頼を置いているからこそ、そこにいる気がする。

つまり、きっとそこにいる。

みーつけた。に繋がる。

まともな人間が聞けば間違いなく馬鹿げていると言った事だろう。

「書類は返して貰うよ」

アメリアの声が鼓膜を揺らした直後、バルバドスは無言で腰に下げていた剣を抜いた。

背後に迫ってきていた存在と対峙せんと振り返り――マナを巡らせる。

剣身が青白く発光。

逃げ切れないと悟った。

ならば、全力で以てして初撃で決める。

バルバドスの方針はそれで決まった。

しかし、それが甘い考えでしかないと思い知らされたのはその、直後。

「へぇ」

バルバドスの全身から放たれる鋭利な殺意であったが、尋常な者であれば震え上がるようなその圧を受けて尚、アメリアはこれっぽっちも臆さない。それどころか、楽しげな色を乗せて彼女は宣った。

「貴方もマナ使《それ》えるんだ」

——お揃いだね。と。

その言葉につられ、視線を向けるとどうした事か。言葉通り、彼女の得物にもマナが巡らされているではないか。

見る限り、自身よりひと回り以上幼い少女が我が物顔でマナを扱っている。

……何なんだコイツは。

バルバドスは戦慄していた。

同時に思う。

コイツは……あまりに危険過ぎる。

みしり、と音が立った。

それはバルバドスが手にする剣——力強く握られた事により生まれた壊音。

「……悪く思うなよ」

それはユースティア神聖王国において、武人といえばこの人ありとまで称えられた男による一撃。

〝神速〟とまで謳われたバルバドスの一撃はアメリアの脳天目掛け、一直線に駆け走る。

夜闇を斬り裂きながら、それは銀色の円弧を描いて——。

しかし。

散ったのは血ではなく火花。

何かを斬り裂いた感触ではなく、硬質な手応えが剣を伝ってバルバドスへ届いた。

「……貴方も女だからって私を侮る人なんだね」

返ってきたのは落胆であり、侮蔑。

——悪く思うなよ。

その言葉はアメリアが少女でなく、バルバドスのような年頃の男性であったならば決して放たれる事はなかった言葉。

始末をすると決心しておきながら、少女であるからと彼は無意識に手心を加えてしまっていたのだ。だからこそ、いくぞと言わんばかりに声を出していた。そしてその行為を心底アメリアは嫌悪した。またこれか、と。

「侮るのは貴方の勝手だけど……それで死んでも私は知らないよ」

怒りゲージは最高潮。

眉間に皺を寄せながら、アメリアは剣を握る手へと更に力を込めた。

直後。

どちらともなく弾かれる互いの得物。

しかし、すぐさま両者は剣を走らせ——二撃、三撃と続け様に剣戟の音が容赦なく周囲に響き渡った。

「……おいおいおいオイ。何だありゃ。びっくり箱にも程があんだろ」

肉薄。打ち合い。

火花を散らし、連撃猛攻。

耳を劈く金属音と銀の軌跡しか残らない馬鹿げた戦闘を眼前に、一人の男――ハイザは傍観に徹していた。

「あんにゃろ、いつ見て盗んだのか知らねえが、おれの剣技を勝手にパクってんじゃねぇよ!!」

そして、忌々しげに吐き散らす。

いや、そもそもハイザの剣技は見て盗めるような容易《たやす》いものではないのだが、現実、化物の片割れ――アメリア・メセルディアはハイザの剣技を用いている。

ただのひと振りがまるで蛇のように絡み付き、易々とは離さないあの嫌らしい剣技。

まさしくハイザそっくりである。

「つーか、ユースティアのとこのアホは何してんだ。これじゃ灸を据えるどころかまぁたアメリアの踏み台行きじゃねえかクソッタレッ!!」

幕間　アメリア・メセルディア　過去3　終わり

この男、実《ロクでなし》はピンチに陥ったアメリアの窮地を自身が助けて見直して貰おう。というクソ過ぎるマッチポンプの為にこれまでもこのような茶番を幾度となく繰り返した前科がある。

常に、アメリアでは一歩、二歩及ばず倒せないであろう相手をハイザは選んでいるつもりなのだが、毎度の如くアメリアが打ち勝ってしまうという不思議現象に見舞われていたのだ。

そして現在。

ユースティア神聖王国に籍を置く将軍。その懐刀と呼ばれるやべーやつを相手に据えてやったというのに目の前で繰り広げられる趨勢《すうせい》を見る限り、アメリア超優勢。

……もうけしかけられる相手はいねえよとハイザは人知れず空を仰ぎ、ほんの少しだけ絶望した。

「……ったく。シャムロックのヤツからも鍛えてくれって言われてんのによぉ」

これじゃあ、肩慣らしにすらなりゃしねえと今し方アメリアと激闘を繰り広げるバルバドスに対し、ハイザは落胆の感情を向けた。

シャムロック・メセルディア。

アメリア・メセルディアの父であり、東南戦役の英雄とまで呼ばれたハイザの元部下。

ついでに言えば、剣の技量に限って言えば東南戦役の英雄をして、時代の寵児とまで称える程。

「とは言え、生憎とおれみてぇな古臭い兵士にゃ、実践が一番としか教えようがねぇんだよなぁ」

しかし、戦争は終わり、現国王は平和路線をひた走っている。それが悪いとはハイザは思っていない。だが、強くなるという機会が絶望的に失われてしまったというのは紛れもない事実。

『――女騎士として生きるからには、圧倒的な武が必要となります。だからこそ、貴方に娘の事を頼みたい』

名門――メセルディア侯爵家が現当主であり、元部下でもあるシャムロックの頼みに対し、首を横に振れなかったのがハイザの運の尽き。

彼が時代の寵児と呼んだシャムロックが、この才能を腐らせるには惜し過ぎると評したアメリアの世話をなし崩しに見る事となり、気づけば4年の歳月が経ち――犬猿コンビなどという渾名まで付けられる始末。

とはいえである。

寄る年波には勝てないとはよく言ったもので、その時点で既に剣の技量はハイザよりシャムロックの方が数段上であった。

だからこそ、てめぇが教えてやれよとハイザは口を尖らせたのだが、返ってきたのは「自分はマナを扱えません」というごもっともな言葉。

結果、マナを交えた剣技をハイザが渋々伝授していたわけである。

「お」

声を弾ませる。

眼前の戦闘光景が変化。

血飛沫があがった――どうやら、アメリアが一撃入れたらしい。

「こりゃ、まじで今回も失敗だな……くっそ、計画が見事に狂いやがった。……まじ、どーすっかな」

いくら下手人とはいえ、将軍の懐刀な為、身柄を押さえたならば誰が仕留めたのだという話になる。しかし、ハイザは死んでもアメリアにデカイ顔をされたくはないのだ。

さぁ、どうする。

このままだと100％アメリアが勝ってしまう。

だからといってこの状況で乱入？　いや、それは流石に格好が悪過ぎる。

何より、部下の手柄を奪うくらいなら手柄ごと消し炭にする。それがハイザ・ボルセネリアというロクでなしの矜持である。みんなが手柄ゼロ。素晴らしくハッピーな世界の到来だ。

「……よし。嘘を真実に変えちまおう」

当初、アメリアに吐いていた嘘である——末端のぺーぺーという嘘を真実として事実改変。つまり、ねじ曲げる。

嗚呼、素晴らしきかな捏造工作。

ハイザのアメリアに対するこの手の捏造もかれこれ8回目。慣れたものである。

「おーおー。袈裟懸けに一撃……からの腹に一発。えずいたところを見計らって得物を弾き飛ばして……あーあ。こりゃ決まったな」

足の踵を使ってバルバドスをうつ伏せに倒れさせせ——どしん、と音が立つ。

次いで背中目掛けて足で踏みつけ。

ジ・エンドである。

「蓋を開けてみりゃただの雑魚。期待外れだくそったれ」

折角逃してやったのに。

まぁ、逃したのは一時的なもので、後で仕留める気ではいたけど。などと、ぼそりとひとりごちながら、隠れて観戦していたハイザは木陰から姿をさらした。

「お、アメリアみーっけ。ちょっとばかし面倒臭い魔法を使うヤツだったたから、ヘマしてんじゃねえかって心配になって来てはみたが……大丈夫だったらしいなぁ。感心、感心」

「……末端のぺーぺーじゃなかったんですか」

訝しむ視線がハイザに飛んでくる。

真に末端のぺーぺーであるならば、心配する余地はどこにもありはしない。だが、どうしてかハイザはこうして心配になって追いかけてきたと宣った。

アメリア自身にも現在進行形で踏み付けているバルバドスにそれなりの手応えを感じたのだろう。末端のぺーぺーにしては強くない？　と。

「いやいや、そいつ幻術使ってたろ？　たまーにいるんだよ。幻術にかかって窮地に陥る馬鹿ちんがなぁ……？」

「何でそこで私を見るんですか……」

「だってお前、結構抜けてるところあるしよ」

そこでアメリアは重大な事実に気がついた。

「……あれ？　つい流しちゃいましたけど、さっき私の事心配って――」

「――死体処理が面倒臭いもんでなぁ」

「死ね」

無拍子かつ、無詠唱小規模魔力凝縮砲《マナバーン》。

くたばれクソ野郎という想いを込めた一撃。

「うぉいっ!?　て、てめっ、おれを殺す気か!!!」

「死ねば良かったのに」

「そこは嘘でも誤魔化せよ!!」

ゴタゴタをやっているうちにアメリアの足は背中から頭部へと徐々に移動をして行き、最終的には瀕死の重体ながらも、呼吸困難に陥り、必死にもがくバルバドスをよそに始まる身内同士の小競り合い。

この生意気小娘、ぜってぇいつか痛い目に合わせてやると心に誓い、ハイザがトラフ帝国にアメリアの情報をリークして更なる強者を呼び寄せようと傍迷惑な画策をするのはもう少し後のお話。

そして、彼女らが経験してきた全ての事情を知悉していた者はのちにこう述べる。

アメリア・メセルディアが最後の最後まで慢心という言葉に触れる機会すらなく、謙虚な態度を貫いていた原因の実に7割はこの男、ハイザ・ボルセネリアのせいである、と。

あとがき

『転生令嬢が国王陛下に溺愛されるたった一つのワケ』をお手に取っていただき、ありがとうございます！

著者のアルトです。

本作品は、自分の事に関してはとことん鈍感な主人公と、主人公に依存気味の国王陛下によるドタバタラブコメディのようなファンタジー！を意識して執筆させていただきました！『笑い』あり、『じれあま』あり、『バトル』ありのふんだんに要素を詰め込んだ本作品、楽しんでいただければ幸いにございます！

また、今回作品に携わってくださった担当編集の筒井様。素敵なイラストを描いてくださったひろせ様。この度は誠にありがとうございました!!

本作品に関わってくださった皆々様、ここまで読んでくださった読者様にたくさんの感謝を!!

アルト

あとがき

by ひろせ

はじめまして！
「転生令嬢」のイラストを担当させていただきました
ひろせと申します。
この度はこの作品をお読み頂き、どうもありがとうございました！

ライトノベルの挿絵を担当させていただくのがずっと夢でした。
実は「ラノベの挿絵描けるようになるようにがんばろ！！」
と口にしていた矢先にご連絡をいただき、あまりのことに
？！？！でいっぱいでした。

転生令嬢の魅力的なキャラクター達を、どんな容姿に落とし込むか。
考えれば考えるほど大変でした…！
ですが、新しくキャラクターを作り出すってとっても
素敵な事でワクワクしながら作業をしていました。

(オジサンを描くのも楽しかった…！)

何年経っても忘れられない、人生を彩るような記憶。
そんな記憶を共にした人。
別の人になってしまっていたとしても、ヴァルターは
フローラに出会えて本当に嬉しかったと思います。
これからの2人の活躍を楽しみにしています！

ひろせ

ありがとうございます!!

H. Hirose
2020.05

おまけ

フローラ設定画

● フローラ騎士服

入りたてなのでまだ質素なデザイン。
（出世でエラくなったらアップグレード…）

転生令嬢が国王陛下に溺愛されるたった一つのワケ　1

発行 ―――― 2020年9月15日　初版第1刷発行

著者 ―――― アルト

イラストレーター ―――― ひろせ

装丁デザイン ―――― 山上陽一（ARTEN）

発行者 ―――― 幕内和博

編集 ―――― 筒井さやか

発行所 ―――― 株式会社 アース・スター エンターテイメント
〒141-0021　東京都品川区上大崎 3-1-1
目黒セントラルスクエア　8F
TEL：03-5795-2871
FAX：03-5795-2872
https://www.es-novel.jp/

印刷・製本 ―――― 図書印刷株式会社

ISBN 978-4-8030-1455-6